Richter

ANDY ARNTS

Richter

UITGEVERIJ VILLAGE

Richter
Andy Arnts

isbn 978 94 61850 669 paperback
isbn 978 946 1851 048 ebook

1e druk november 2013

Vormgeving: Moirena Schoonbergen
Redactie: Eric Jan van Dorp
Omslagfoto: istockphoto.com
Auteursfoto: Bernd Haanappel Fotografie / berndhaanappel.nl

Uitgeverij Village
een imprint van VanDorp Uitgevers
Postbus 42
3956 ZR Leersum
www.vandorp.net / info@vandorp.net

Oh, de halfduistere kapellen en
de speciale sfeer van religieuze romantiek;
die kerken vragen een rendez-vous:
je besprenkelt je met wijwater en kijkt rond
naar iemand naar wie je kunt lonken.

Uit: *Le journal de Marie Bashkirtseff, 2.X.1881*

1
Maria Magdalena

In de late middag van vrijdag 1 november, twintig minuten na het verlaten van zijn werk, liep kunstschilder Adriaan Richter de Mariakapel binnen. Hoewel zijn schilderijen hem een redelijke bijverdienste verschaften, bekleedde Richter louter uit lijfsbehoud in het dagelijkse leven een onopvallende functie als gemeenteambtenaar. Geen baan waar hij zijn hele ziel en zaligheid in kwijt kon, maar voorlopig waren zijn inkomsten gegarandeerd en hield hij nog voldoende tijd over om zich te wijden aan de kunst.

Het was een regenachtige herfstdag. Nadat hij de druppels van zijn jas had geveegd en zijn haar enigszins had gefatsoeneerd, bleef hij staan bij een beeldje van Maria Magdalena dat in een nisje bij de ingang was geplaatst. Het was een vroom beeldje, amper dertig centimeter hoog en werd door de bezoekers van de kapel nauwelijks opgemerkt. Waarschijnlijk omdat er geen plateau voor was gemonteerd, waardoor je er ook geen kaarsje kon opsteken. Richter voelde een diepe genegenheid voor het beeldje en het ontbreken van zo'n offerplek had hem er niet van weerhouden om dan maar zelf een waxinelichtje mee te brengen en dat in het nisje te plaatsen.

Hij kende de omstreden rol van Maria Magdalena in het evangelie en was geboeid door de legende van haar vlucht naar Frankrijk en haar aandeel in het mysterie van de heilige Graal. Die mythische berichten gingen zelfs zo ver, dat een onweerlegbaar bewijs ervan een wereldwijde beroering tot gevolg zou hebben. Daarom werd de ware toedracht door een aantal duistere genootschappen zorgvuldig bewaard en geheimgehouden. Honderden jaren was dat goed gegaan, totdat halverwege de negentiende eeuw een Franse pastoor uit Rennes-le-Château een aantal opzienbarende ontdekkingen zou hebben gedaan: de heilige Graal zou een metafoor zijn voor het heilig Bloed dat door Maria Magdalena tijdens haar reis naar Frankrijk zou zijn meegebracht. Oftewel: Maria bezat niet de beker, maar het bloed en zou in de Provence geboorte hebben gegeven aan 'het kind van de Graal', zeg maar de kleinzoon van God. 'Als dat allemaal waar is,' dacht Richter, 'dan verdien je een waardiger plaats dan dat achterlijke nisje waarin je nu staat.'

Het beviel hem dat hij, terwijl hij voor het beeldje had staan peinzen, niet was gestoord door een binnenkomende of vertrekkende bezoeker. Een volwassen vent die voor zo'n onbeduidend kunstwerkje zijn bewondering kwam betuigen en er stond te hannesen met een zelf meegebracht waxinelichtje, kon argwaan wekken. Zelfs vandaag, op Allerheiligen. Het had beter elders kunnen staan, ergens waar het minder verdacht overkwam als men er wat aandacht aan besteedde. Maar waar bevond zich in dit stiltecentrum, zoals de oude kapel tegenwoordig werd genoemd, zo'n geschikte plek?

Richter dacht na en voelde tegelijk een zonderling verlangen in zich opkomen om het beeldje vlug bij zich te steken en rechtsomkeert te maken. Niemand zou het op het eerste gezicht merken. En als men er uiteindelijk achter kwam, dan stond het al lang veilig bij hem thuis op de schoorsteen. In veiligheid brengen, ja dat was het eigenlijk. Maar was dat geoorloofd? Kon hij zich beroepen op een oud recht wanneer plotseling de politie voor zijn deur stond? Had hij, Richter, een man van 'onverdachte zeden', het recht om zich een voorwerp als dit toe te eigenen, omdat hij de enige was die het opmerkte en in stilte vereerde?

In Nederland haalde men rechten en plichten nog wel eens door elkaar, vond Richter. Zeker wanneer het op mensenrechten

8

aankwam. Je hoefde de televisie maar aan te zetten, of er verscheen zo'n voorvechter in beeld die opgewonden van leer trok tegen allerlei sociale misstanden. Maar wat betreft de *mensenplichten* was het maar stilletjes op de buis. Richter vroeg zich af of het woord 'mensenplichten' eigenlijk wel bestond, of dat het tijdens een politieke bespiegeling uit zijn eigen brein was ontsproten. Was het dan zo gek gedacht? Alles was tweeledig en dit onderwerp zeker.

Maar daarover moest hij zich nu niet druk maken. Hij bevond zich in een sacrale omgeving en voelde zich ver van de buitenwereld verwijderd. Hier golden andere waarden en diende hij een hogere macht. Dat beeldje, dat hoorde hier. En hoezeer Richter het ook koesterde, hij besefte dat het in dat nisje was geplaatst met een doel. Het diende om de bezoekers van de kapel te beschermen tegen allerlei onheil, in het bijzonder de boetelingen en de reukwerkbereiders, van wie Maria Magdalena de patrones was. Even omvatte hij de ontblote voet van de heilige, stak toen het kaarsje aan en begaf zich naar de boogvormige doorgang die naar de kapel leidde.

Naar de conditie van de bakstenen en het voegwerk te oordelen, schatte Richter de ouderdom van de kapel op zo'n honderdvijftig jaar, hoewel de art deco ornamenten aan weerszijde van de toegang een jongere leeftijd verraadden.

Hier stonden zes banken die in twee rijen naar een glorieus Mariabeeld waren gericht. Vooraan hadden twee bejaarde dames plaatsgenomen. Beiden leken in een diep gebed verzonken.

Richter bezag hen en fronste. Het zat weer eens niet mee. Al zo vaak was hij naar deze ruimte gekomen in de hoop hem leeg aan te treffen en in een eenzame meditatie te kunnen verzinken. Nog nooit was dat gelukt, en de vastberaden houding van de twee vrouwen wees er ook niet op dat ze in korte tijd zouden opkrassen.

Hij maakte een voorzichtige kniebuiging en schoof langzaam in de achterste bank. Daar werd hij zich ineens weer bewust van de plastic tas die hij al die tijd had meegedragen en waarin een fototoestel zat. Hij had het van zijn werk meegekregen om er in het weekend wat schilderijen mee te fotograferen. Het was een geavanceerde camera waar je prachtige foto's mee kon maken, en die kon Richter, met het oog op een toekomstige expositie of catalogus van zijn werken, goed gebruiken.

Hij zette de tas naast zich neer en richtte zijn blik weer naar voren. Er zat nog steeds geen beweging in die twee voorin. 'Ik hoop toch niet dat ze de gehele middag blijven plakken,' dacht hij. 'Al kan ik hier maar één minuut alleen zijn.'

Het op veilige afstand van anderen gaan zitten was Richter niet vreemd. Hij voelde zich ongemakkelijk en bekneld als iemand te dicht bij hem plaatsnam of als hij zelf het laatste open plekje in een wachtkamer moest innemen. Hij hield er niet van als alle ogen op hem gericht waren en hij prees het moment dat hij eindelijk de spreekkamer werd binnengeroepen. Maar aan de andere kant bezocht hij feesten en bijeenkomsten, waar hij genoot van de aandacht die hem ten deel viel als zijn kunstenaarschap ter sprake kwam. 'In alles ben ik een man van uitersten,' stelde hij vast, hoewel hij zich met die eigenschap dikwijls geen raad wist.

Op zulke momenten vroeg hij zich af of die door hem gevierde dualiteit niet domweg een vorm van een chronische besluiteloosheid was. In elk geval lag zijn bewondering voor Maria Magdalena er aan ten grondslag. Volgens de officiële leer was zij een 'zondige vrouw' uit wie 'zeven boze geesten' waren verdreven, waarna zij tot bekering was gekomen. Een heilige hoer dus, om het maar ronduit te zeggen. En daar ging het om, want juist dat volmaakte samenspel van heilige devotie en verboden erotiek vervulde Richter met een ongekende hartstocht. 'Je bent de moeder van de Graal,' fluisterde hij plechtig, 'maar tegelijk ben je een sensuele venus die iedere man op de knieën dwingt.'

Juist toen Richter zijn gedachten weer wat wilde ordenen, klonk de doffe slag van de kerkklok. Het gaf hem een schok van ontzag en vervoering. Het was er weer: dat gelukzalige, lege gevoel van angst en eenzaamheid dat hij als kind al had gekend en zich op onverwachte ogenblikken opnieuw aan hem openbaarde: die diepe verlatenheid die hij op zekere locaties ervoer. Oude stationshallen met onverstaanbaar galmende omroepers, ruïnes, opstijgende vliegtuigen, verwaarloosde kerkhoven, verlaten fabrieken, silhouetten van ver gelegen kastelen, lege fietshokken en schoolpleinen, rond waaiende herfstbladeren, een verdorde roos op de grafzerk van een lang vergeten held, Gregoriaans gezang en het middernacht slaan van kerkklokken... het vervulde hem met een melancholie die zijn weerga niet kende.

'Wat moet ik doen?' vroeg Richter zich af. Hij was al een tijdje in de kapel en had nog niets uitgevoerd. Het was zaak voort te maken, want er moest nog veel gedaan worden vandaag.

Van de voorste bank stond een van de dames nu op en begaf zich via het middenpad naar de uitgang. Richter zag haar met vlugge pasjes zijn kant op komen en liet zijn blik over haar gedrongen postuur gaan. Ze droeg degelijke schoenen. Stevige platte stappers met waarschijnlijk zo'n fijn voetbedje, zodat ze zich stabiel kon voortbewegen. Was het luiden van die klok voor haar een teken geweest om zich te verwijderen uit de kapel? Misschien wel. Richter voelde dat ook hij in actie moest komen. Hij greep de tas met de camera, stond op en begaf zich naar het Mariabeeld. Nog even een kaars opsteken en dan naar huis.

De achtergebleven bezoekster zat er vlakbij, waardoor het onmogelijk was dat Richter haar onopgemerkt zou kunnen passeren. Even aarzelde hij, maar hij vermande zich en liep met een gespeeld zelfvertrouwen door naar zijn bestemming. De oude dame keek hem aan en knikte vriendelijk.

Terwijl hij in zijn jaszak naar wat kleingeld zocht, keek hij op naar het beeld. Het was fraai beschilderd in verschillende tinten blauw en stond op een vergulde sokkel, waar op sommige plekken het wit van de kalk alweer doorheen kwam. Haar blik was berustend maar ook zorgelijk, wat volgens Richter duidde op een gedegen kennis van de zedelijke gesteldheid der bezoekers. Hij hield van het beeld. Het gaf hem bij elk bezoek weer een zekere moed, hoewel hij dat niet goed kon verklaren. Wellicht kwam het doordat het in deze donkere ruimte werd beschenen door een helder purper licht, dat door een gebrandschilderd raam binnenviel en haar gestalte met een glorievolle gloed omgaf. Bovendien had haar maker geen hinderlijke drang tot abstrahering gevoeld, zodat je gewoon kon je zien wat het voorstelde. Zoals zij hier stond, zo wilde je haar tenslotte zien verschijnen aan gene zijde. Misschien iets vrolijker kijkend, maar niet als een uit beton en gevlochten ijzer samengestelde Mater Dolorosa, waaraan je je als argeloze voorbijganger lelijk kon bezeren.

Het kleingeld dat Richter intussen had verzameld, was net voldoende voor een middelgrote kaars. Eén voor één liet hij de muntstukken in het metalen offerblok vallen, wat de stilte in de kapel pijnlijk verstoorde. Hij ontstak de kaars aan een brandend stompje en plaatste hem op een pinnetje.

'Vandaag weinig nieuws,' prevelde hij, 'maar behoed ons voor ellende en bid ook maar voor dat mensje hier achter mij.'

Hij opende zijn ogen en probeerde zo onopvallend mogelijk over zijn schouder te kijken. Ja hoor, ze zat er nog. Maar hoe laat was het eigenlijk? Een plotselinge gejaagdheid drong zich aan Richter op en hij voelde dat het tijd werd om zijn kapelbezoek af te sluiten. Hij keek op zijn horloge. Tien voor vier. Was hij zo lang binnen geweest? Die klok had even geleden eenmaal geslagen. Toen moest het dus half vier geweest zijn. Dat was mogelijk, want op vrijdag was hij om drie uur klaar en zoals gebruikelijk was hij direct uit zijn werk naar het kapelletje doorgelopen, wat in een kwartiertje te doen was. 'We zijn al weer een klein uur verder,' zuchtte Richter, 'en een klein uur dichter bij het begin van weer een nieuwe werkweek.'

Hij zette alvast zijn kraag op vanwege het gure herfstweer en haastte zich langs de zijkant van de bankenrij naar de uitgang.

Het waxinelichtje bij het beeldje van Maria Magdalena was intussen uitgewaaid, omdat een van de toegangsdeuren was opengezet. Het beviel Richter dat hij weer wat frisse lucht binnen kreeg. Het weer leek te zijn opgeklaard en niemand liep meer met een paraplu. 'Wie weet heeft die kaars dat wel teweeg gebracht,' dacht hij. Hij deed een stap naar buiten en voelde met zijn hand of het inderdaad droog was. Ja, het was voorbij. 'Hier en daar een bui,' zeiden ze altijd op de radio, maar het was meestal hier en nooit daar.

Evenals het weer voelde Richter ook zijn eigen gemoedsstemming opklaren. Er waren nog wel wat depressies, maar die maakten het leven interessant. Stel je voor dat je altijd onbekommerd en blij door het leven moest gaan. Dat wenste je toch je ergste vijand niet toe? Of dat je een dynamisch, stressbestendig en strategisch zwaargewicht was, voortdurend gedreven en zoekend naar nieuwe uitdagingen. Dan hunkerde je toch naar een vroegtijdige dood, want er was geen dokter die je daar van af kon helpen. Volgens het wereldbeeld van Richter diende je zulke figuren hard aan te pakken of langdurig op te sluiten met alleen water en brood en een roman van Dostojevski. En elke dag overhoring. Hoofdstuk niet gelezen? Twintig stokslagen en halvering van het rantsoen. U vindt het een vervelend en saai boek? Prima, honderd maal opdrukken en twaalf gedichten van Kloos erbij om uit het hoofd leren. Eenvoudige zielkundige methoden dus, maar wel doeltreffend en voor de eigen bestwil van de patiënt.

Na een halfjaar zag je bij sommigen dan al een verbetering. Die mensen kwamen na zo'n kuur te laat op vergaderingen, durfden niet meer naar enge films te kijken en gingen op zaterdagmiddag naar de hertjes kijken bij een kinderboerderij. Anderen liepen op vrijdagmiddag na werktijd regelrecht naar een gebedshuis, maar dat waren toch wel de uitzonderingen.

Een windvlaag deed wat foldertjes van een tafeltje opwaaien. Eén exemplaar vloog in Richters gezicht. Hij pakte het en las wat erop stond: *We planten allemaal onze eigen boom die we naar vrije keuze opkweken of laten verdorren. Het is echter deze boom waarvan we in het einde der dagen de vruchten moeten plukken.* 'Toe maar,' dacht Richter, 'dat is nog eens een leuke tekst voor een scheurkalender.' Hij wilde het papiertje weggooien, maar vouwde het toch op en stak het in zijn binnenzak.

'Het heeft behoorlijk geregend, meneer,' klonk het plotseling achter hem. 'Pas maar goed op voor de plassen.' Richter draaide zich om en zag de oude dame, die voor in de kapel had gezeten, vlak achter hem staan. Hoe kwam zij zo snel hier? Had zij hem gevolgd? Dat moest wel. Maar waarom had hij daar dan niets van gemerkt?

Hij begreep dat het gedaan was met de rust en zijn opgewekte stemming. Er bekroop hem een gevoel van naderend onheil, dat hem op deze manier werd meegedeeld door een onbekende boodschapper die voor de gelegenheid de gestalte van een bejaarde vrouw had aangenomen.

'Uh ja, inderdaad,' sprak hij hakkelend, ''t is herfst, nietwaar?'

Hij vervloekte zijn clichématige antwoord, maar hij kon zo gauw niets anders uitbrengen. Hij kneep vriendelijk zijn ogen toe, groette haar, stak vlug de weg over en sloeg linksaf.

'Ik weet niet wat het is, maar óf er is iets mis óf er staat iets machtigs en ingrijpends te gebeuren,' mompelde Richter bij zichzelf. Moest hij nog omkijken? Nee, liever niet. Wat als er nu niemand meer zou staan; gewoon weg, verdwenen en er ook nooit geweest? Zulke verschijnselen kwamen voor. Het kon een overleden voorouder zijn, die zich over het lot van een nakomeling bekommerde en in een sterfelijke gedaante de helpende hand wilde aanreiken. Je hoefde die persoon niet eens gekend te hebben. Paragnosten en reïncarnatietherapeuten hadden daar allerlei aannemelijke theorieën over.

Maar die boodschapper kon ook wat anders zijn. Allicht, die mogelijkheid bestond, en terwijl Richter deze overwoog, ging er een koude rilling door hem heen: kon de persoon, die zojuist aan hem was verschenen en die hem wilde behoeden voor een nog onbekend debacle, zijn eigen beschermengel zijn? Het was bekend dat hemelwezens zich tijdelijk zichtbaar konden maken in het kosmische gezichtveld der levenden, zonder dat je het direct in de gaten had. 'Jezus nog aan toe,' fluisterde Richter, 'dan moet het toch wel heel serieus zijn, wil die er zich persoonlijk mee gaan bemoeien.'

Opnieuw voelde hij een sterke drang om even om te kijken, maar hij durfde niet. Er waren zaken waar je van af moest blijven, omdat het beter was niet alles te weten. Bovendien zou het geen lekker begin van het weekend zijn als er inderdaad niemand meer te zien was.

Hij dacht na en vroeg zich af hoe lang hij eigenlijk bij de uitgang van de kapel had stilgestaan. Wellicht langer dan hij vermoedde, waardoor die oude vrouw hem gemakkelijk had kunnen inhalen. En haar opmerking over het natte weer en die gevaarlijke plassen, die kon toch ook gewoon goed bedoeld zijn? Hij moest zich er maar niet onnodig zorgen over maken.

Terwijl hij zich verder van de kapel verwijderde, dacht Richter aan de schilderopdracht die hij pas geleden had aangenomen: nog vóór komende donderdag moet hij het portret afmaken van een notaris en diens echtgenote. 'Dat is waar ook,' dacht hij, en hij merkte dat zijn gedachten via zijn arm afdaalden naar de plastic tas met inhoud. Inderdaad, foto's nemen van eerdere schilderijen, dat moest ook nog. Maar dat kon misschien wel even wachten. Hij kon dat geleende toestel gewoon een poosje thuis houden en het pas teruggeven als men erom ging zeuren. Dat was wel niet zo netjes, maar nood breekt wet. Zo ging dat nu eenmaal.

Maar nu moest het uit zijn met dat getreuzel en die waanbeelden die zijn gedachten hadden geteisterd. Hij rechtte rug en schouders en begaf zich naar huis.

2
De opdracht

De straat waarin hij zich nu bevond was aan weerszijden bebouwd met fraaie woningen uit het begin van de twintigste eeuw. Hoge, in jugendstil opgetrokken huizen met torentjes, erkers en balkonnetjes en rijk gedecoreerd met pilasters, kariatiden en andere ornamenten. Het was een van de weinige stadsdelen die de oorlog zonder schade waren doorgekomen. Richter was er achtendertig jaar geleden geboren, ver na de oorlog dus, maar hij had altijd het gevoel gehad de stad veel langer te kennen. Hij vroeg zich dan ook af of hij al eens eerder had geleefd, in dezelfde stad, in een tijd lang vóór de oorlog. Misschien kwam daar wel zijn liefde voor oude gebouwen vandaan. 'Vernieuwen is meestal vernielen,' oordeelde hij somber, 'dus waarom zou een mens dan opnieuw geboren moeten worden? Dat zou achteruitgang zijn.'

Er steeg een doordringende herfstgeur op uit de met eiken beplante groenstrook in het midden van de straat. Het weer leek om te slaan. Boven het land hadden zich donkere wolken samengepakt die de stad een dreigend, expressionistisch aanschijn gaven. Het viel Richter op dat naarmate het weer verslechterde, zijn opgewektheid toenam. Het was nog wel even lopen naar huis, maar dat deerde hem niet. Hij flaneerde graag en het inademen van die zoete herfstaroma's was goed om de arbeidersgeest wat te laten ontspannen.

Hoewel hij de afgelopen jaren wel wat cursussen had gevolgd, had Richter daar nooit iets mee bereikt. Hij maakte altijd de fout zich onder druk van zijn suprieuren in te schrijven voor iets dat hem volstrekt niet interesseerde, met het gevolg dat zulke ondernemingen altijd op niets uitliepen. En dat wekte ongenoegen bij de leiding. Hoe kon iemand die vooruit wilde komen zo onverschillig met zulke geboden kansen omgaan? Promotie, salarisgroei en het 'opbouwen van een stukje sociale zekerheid' waren hem in het vooruitzicht gesteld als hij die en die opleiding met goed gevolg zou afleggen. Maar Richter kon het niet. Hij kon de geestdrift die ervoor nodig was niet voor de dag toveren. Voortdurend moest hij leugens verzinnen om zich te verdedigen of om zichzelf beter te presenteren dan hij in werkelijkheid was.

Tijdens zijn sollicitatiegesprek op het gemeentehuis had het afdelingshoofd hem gevraagd: 'En, meneer Richter, waar denkt u over vijf jaar te staan en wat zijn uw ambities voor als we, laten we zeggen, tien jaar verder zijn? Ik kan me voorstellen dat u uw capaciteiten wilt upgraden binnen onze gemeente.'

'Ach weet u,' had Richter hem willen antwoorden, 'het is volkomen zinloos om ver vooruit te denken. De meeste mensen zijn zo bezig met hun toekomst, dat zij blind zijn geworden voor het geluk dat in het heden ligt. Het verleden is van waarde voor onze kennis en ontwikkeling, maar de toekomst meneer, dat is een overschatte zinsbegoocheling. Ik leg mij daarom toe op schilderen, filosofie en het zien van mooie dingen. Kortom, ik geniet van het leven. Morgen kan ik een beroerte krijgen of vermoord worden. Wat heb ik dan aan al die carrièreplannen gehad? Vertelt u het mij maar.'

Maar dat had hij allemaal niet gezegd. Wel dat hij zo snel mogelijk alle facetten van de geboden functie wilde beheersen. Het was nu misschien nog wat vroeg om een definitief loopbaanplan op te stellen, maar vooruitstrevend als hij was, wilde hij dat tijdens het eerste functioneringsgesprek zeker op de agenda hebben.

Hij was terstond aangenomen. Dat Richter de zaak vakkundig belazerd had, deed nu niet ter zake. Het doel was bereikt en voorlopig kon hij zich in wat rustiger vaarwater begeven. Bovendien, wat was er mis mee om de werkelijkheid wat meer kleur en karakter te geven dan het visueel waarneembare? Dat deed hij in de schilderkunst ook. Het gewone leven bood hem een te beperkt kleurenpalet om de realiteit op een boeiende manier invulling en gestalte te geven. 'De wereld gaat ten onder aan eerlijkheid,' vond Richter. 'Men verstaat de kunst van het liegen niet meer.'

Intussen was de dag al een eind gevorderd. Het begon te schemeren.

Richter dacht weer aan het schilderij dat hij moest maken. Sowieso vóór donderdag, maar als hij er dit weekend al mee aan de slag kon gaan, boekte hij wat tijdwinst. Niets was vervelender dan op het laatste moment, als een bezetene te proberen een opdracht op tijd af te leveren. Dat kwam zowel de kwaliteit van het werk als zijn eigen gemoedstoestand niet ten goede.

Het beviel hem wel dat hij zijn tijd zelf kon indelen en niet afhankelijk was van het moment waarop de modellen beschikbaar waren. Kristien Hendriks, de vrouw van de notariële opdrachtgever, had hem een aantal foto's van zichzelf en haar man gegeven en daar diende hij het mee te doen. Hij had de vrije hand gekregen in het scheppen van een gelijkend portret. Het was niet aan strenge eisen onderhevig, zolang het maar representatief was. Daar kon je natuurlijk alle kanten mee op, maar Richter had de opdracht toch geaccepteerd. Ook omdat hij er goed voor zou worden betaald.

Hij had de foto's uitvoerig bestudeerd. Notaris Hendriks was een oudere man met een belezen gelaatsuitdrukking. Naar Richter vermoedde, stond hij in hoog aanzien bij zijn collega's en de plaatselijke politiek. Maar verder was hij ongetwijfeld een saaie, impotente drol die het niet verdiende om met een vrouw als Kristien getrouwd te zijn. Het leeftijdsverschil tussen hem en Kristien was aanzienlijk, hoewel Richter moeite had het precies te schatten. Zij was in elk geval een stuk jonger, dat stond vast. Haar halflange, donkerbruine haar was goed verzorgd en hing stijlvol langs haar knappe gezicht. Ze had groene ogen. Katachtige groene ogen, die leken te vragen wat haar mond niet durfde uitspreken. 'Ze is mooi, bijzonder mooi,' meende Richter.

Ondanks het dreigende weerbeeld was het nog steeds droog. Het leek erop dat de donkere wolken slechts de intredende duisternis hadden ingeluid. Richter keek nogmaals op zijn horloge. Kwart over vier. Dat kon kloppen. Hij was inmiddels aangekomen op een lommerrijk plein met bankjes, waar vier straten samenkwamen Hij sloeg linksaf en bereikte de straat waar zijn bovenwoning stond, evenals het statige pand van de notaris en zijn vrouw.

'Het is een goed idee om nu alvast aan dat schilderij te beginnen,' stelde hij vast. De vraag was alleen in welke vorm dat moest gebeuren. Vroeger had hij zich wel eens aan abstracte schilderijen gewaagd, maar daar was hij snel weer van afgestapt, omdat kenners er meer in zagen dan hijzelf. En dan vroegen ze hem ook nog om een toelichting te geven op al die details en metaforen die zij hadden waargenomen, maar waar Richter zelf niets van wist.

'Dat wordt het dus niet,' besloot hij. 'Je kunt die mensen niet met een abstract gevaarte opzadelen, dat zet kwaad bloed en geef ze maar eens ongelijk.'

Misschien moest hij een impressionistische voorstelling van de twee echtelieden maken. Impressionisme was volgens Richter de weerspiegeling van het leven door de waas der verwondering. Hij hield van de impressionistische meesters, maar had ook bewondering voor het kubisme en het expressionisme, waarin de kunstenaar zijn emotie kon loslaten op de werkelijkheid. Het was leeftijdsgebonden. Wanneer een achtjarige en een tachtigjarige gelijke capaciteiten bezaten en allebei de opdracht zouden krijgen een onderwerp expressionistisch vorm te geven, zou je twee compleet verschillende werken te zien krijgen. Het was een interessante theorie, waarover hij graag eens met een gelijkgestemde ziel van gedachten wilde wisselen. Maar waar vond hij die?

'Eigenlijk ben ik vreselijk eenzaam,' mompelde Richter mistroostig, terwijl hij zijn oog liet rusten op vier meeuwen die luid krijsend het luchtruim doorkliefden.

Intussen was hij aangekomen bij de monumentale patriciërswoning van de familie Hendriks. Het was grotendeels in smaakvol oker geverfd. De nog altijd sombere weersgesteldheid gaf het pand iets groots en tragisch. Vier grijze treden leidden naar het hoge portaal, dat in het midden werd gesteund door een ronde zuil, met daarboven een halfrond balkon. Richter woonde schuin tegenover dit schoolvoorbeeld van belle époque kunst. Vanuit zijn leunstoel had hij er vaak naar gekeken en zich afgevraagd waarom men de stad niet meer met zulke schone architectuur verrijkte.

Hij liep langs het huis en liet, zoals gewoonlijk, zijn blik langs de twee ramen glijden die zich ter hoogte van het trottoir bevonden. Een daarvan bood een inkijkje in het souterrain. Voor het andere hingen donkere gordijnen. Richter vermoedde dat daarachter een slaapvertrek schuilging. Dat was vaker het geval bij dit soort woningen. Zou het de slaapkamer van Kristien en die bijziende kwibus kunnen zijn? Echt waarschijnlijk was dat niet. Hoe vaak waren die gordijnen weggeschoven geweest en had het raam opengestaan om het vertrek te luchten? Voor zover hij zich kon herinneren was dat nog nooit gebeurd.

Nee, dit slaapvertrek werd niet gebruikt. En zeker niet door Kristien, want Richter kon zich onmogelijk voorstellen dat zij, die zich kleedde in de fraaiste mantels en de verleidelijkste parfums droeg, 's avonds in een muffig vertrek onder stoffige lakens kroop. Niettemin bleef het een raadsel dat zij vrijwillig het bed deelde met die notaris en misschien ook wel af en toe met hem...

'Ik wil er niet aan denken,' zuchtte Richter. Hij stak de straat over, opende de voordeur van zijn woning, holde de trap op en hoorde halverwege de deur in het slot vallen.

'Hallo, we zijn er weer,' riep hij tegen een denkbeeldige huisgenoot, toen hij de woonkamer binnenging. Hij wierp zijn jas op de kapstok en plofte neer in de fauteuil bij het raam.

'Wacht, eerst een borrel,' besloot hij en sprong weer op om in de keuken een glas port in te schenken. Hij dronk twee grote slokken, bekeek het glas en hief het omhoog. 'Op de kunst en op u, madame Hendriks!' riep hij uit en leegde het glas in één teug.

'God nog aan toe,' fluisterde hij, terwijl hij het glas weer vulde, 'dat heb ik wel verdiend na alle ellende van vandaag.'

Hij liep terug naar de leunstoel en ging er rustig in zitten. Het okergele huis had van hieruit een andere bekoring dan vanaf het trottoir. Het kwam Richter voor dat hij er nu meer grip op had, hoe achterlijk dat ook mocht zijn. Misschien doordat hij het hier, half verscholen achter het gordijn, ongestoord in de gaten kon houden en dus niet van voyeurisme kon worden beticht.

De gedachte aan het vleselijke contact dat Kristien mogelijk nog met haar man kon hebben, had Richter een onplezierige en onrustige stemming bezorgd. Hij pakte zijn glas, stond op en slenterde wat door het vertrek. Was hij jaloers? Nee, jaloers was hij niet. Of, nou ja... misschien een beetje dan. Maar hij mocht zich er best boos over maken dat het huwelijk van die geslepen notaris iets onrechtvaardigs had.

Hij zuchtte. Dit soort overpeinzingen leidden tot niets. En zeker niet tot het maken van een liefdevol portret dat die twee tenslotte bij hem hadden besteld en waaraan hij nog niet eens begonnen was.

Zijn blik viel op de tas met het fototoestel. Nee, van fotograferen kwam deze week niets meer. Voorlopig geen catalogus of uitstalling van zijn werken. Maar alles kwam goed. Hij moest gewoon geduld hebben en niets overhaasten. Die expositie kwam er vroeg of laat wel. En het zou een grootscheepse onderneming worden met een sensationele opening. Misschien wel gepresenteerd door een bekend persoon. Hij zou beroemd worden en zijn schilderijen zouden overal te zien zijn op posters, bussen en aanplakbiljetten en misschien, ja heel misschien zou zijn eigen afbeelding na enige tijd zelfs op koekjestrommels en cacaoblikken verschijnen. Wie zou dat niet willen?

Richter lachte inwendig. 'Ja vader, lach jij maar,' sprak hij tot zichzelf, 'wat vandaag een utopie lijkt, is morgen de harde waarheid. Het leven kan binnen een minuut een volstrekt andere wending nemen.'

Hij nam nog een slok en voelde een merkwaardige siddering door zijn ledematen trekken, alsof hij zojuist profetische woorden had gesproken.

3
Kristien en de jongen

Terwijl buiten de schemering nu echt doorzette, stelde Richter in de woonkamer zijn schildersezel op en plaatste daarop het geprepareerde houten paneel dat hij een paar dagen tevoren had voorbewerkt. Hij schilderde graag op hout, liever dan op doek. Waarom wist hij niet precies. Misschien kwam het door zijn liefde voor middeleeuwse kunst, de Vlaamse primitieven en de Russische icoonschilders die zich van hetzelfde materiaal bedienden. Maar het kon ook zijn aangeboren gemakzucht zijn, omdat het nauwkeurig spannen van linnen over een spieraam een grotere inspanning vereiste.

Hij streek met de rug van zijn hand over het witte oppervlak en liep tevreden naar het dressoir waarin zijn schildersbenodigdheden lagen. Er stond een fraaie crucifix op die nog uit de familie kwam en een half vergaan, in leer gebonden boek met predicaties uit 1764. Richter wilde het al maanden laten taxeren, maar het was er nog altijd niet van gekomen.

Hij sloeg het voorzichtig open, bladerde naar de 'voorreeden' en begon te lezen: *Het is wel waar, dat de Wereld al voor lange heeft moeten klagen, dat zij door het overgroot getal der dagelyks uitkomende Boeken overladen wierd: ja, dat zelfs de Kerk maar al te veele reedenen heeft, om te zugten over het vermenigvuldigen van zulke Boeken, die aan de leere en den wandel der Christenen schadelyk zyn.'*

Richter glimlachte. 'Kijk,' dacht hij, 'toen al was het leven van een predikant vol bekommernissen.' Wat voor soort boeken bedoelde die schrijver eigenlijk? Gingen ze over bepaalde zonden die de mensen wel wilden, maar niet mochten begaan en die zij uit angst maar achterwege lieten? Aan veel frustraties die voortkwamen uit verboden verlangens en onvervulde erotische fantasieën, lag het beeld van de eeuwig brandende hel ten grondslag. Richter meende dat je de geboden alleen maar zonder bezwaar kon gehoorzamen door een langdurige periode van onthouding. Want genot en onthouding hadden één gemeenschappelijk tragedie: als je er maar vaak genoeg aan toegaf, wilde je uiteindelijk niets anders meer.

Hij bladerde verder om te zien hoeveel pagina's de auteur had gereserveerd voor deze stichtelijke voorbeschouwing. Hij telde er drieëntwintig. Dat viel nog mee, gezien de ernst van de situatie waarin de gelovigen zich kennelijk bevonden. De predikant sloot zijn epiloog plechtig af: '*Ik blijve, Waarheid en deugdlievend Leezer, Uwheilwenschende Dienaar, J. van Diesbach. 's Hage den 6 juny 1764*'.

Richter sloot het boek en legde het terug. Daarna opende hij een deurtje van het dressoir en pakte er een staafje houtskool uit. Nog vijf dagen had hij, deze vrijdagavond niet meegerekend, om het portret van notaris Hendriks en zijn echtgenote te voltooien. Eigenlijk waren het er drie, want de dinsdag en de woensdag moesten benut worden om de verf te laten drogen en om misschien nog wat laatste wijzigingen aan te brengen.

Maar waren het wel drie dagen? Nee, het waren er nog minder. Maandag moest hij weer naar het gemeentehuis, dus kon hij alleen 's avonds aan het portret werken. Zondag was wel een volledige dag, maar zaterdag moesten er boodschappen worden gedaan en kon hij maar een beperkt gedeelte van de dag aan het schilderen besteden. Richter dacht na. 'Het komt erop neer dat ik zoals gewoonlijk weer veel te laat ben begonnen,' stelde hij misprijzend vast. Maar er was nog niets verloren. Alles hing af van de vorderingen die hij vanavond maakte. Als hij nu alvast de basis kon leggen en een aanzet kon maken met de schaduwpartijen, dan was er heus nog geen man overboord.

Maar eerst was het zaak om nog eens goed naar de foto's te kijken die hij van Kristien had gekregen. De envelop waarin ze zaten had Richter diep in een lade van het dressoir opgeborgen, om te voorkomen dat ze tijdens een roofoverval zouden worden meegenomen door een crimineel die een foto van Kristien een hogere waarde toekende dan een antiek boek met predicaties. 'Zulke jongens zijn hard, maar niet van steen,' dacht Richter, terwijl hij de foto's één voor één uit de envelop haalde en bij het raam ging staan. Daar zorgden de tafellamp en het nog niet geheel verdreven daglicht voor een beter zicht. De eerste foto was een kiekje van de notaris. Richter kende zijn voornaam niet, maar zijn gevoel vertelde hem dat hij Bart moest heten. Hij zag er ellendig en opgeblazen uit. Dat gezicht had werkelijk niets. Het bezat geen enkele expressie en staarde met een wezenloze blik de wereld in.

Richter wendde zijn oog van de foto af en keek door het raam naar de grote villa aan de overkant, die zich met het vallen van de avond zo gracieus tegen de silhouetten van de stad aftekende.

Er kwam iemand de straat inrijden op een luidruchtige brommer. Gezien de kleding van de berijder en het model van het voertuig, moest het volgens Richter een jongen van rond de zestien zijn. Het ding maakte enorme herrie. 'Die is opgevoerd,' dacht hij, 'dat kan niet anders.'

Toen Richter de foto's weer op bruikbaarheid wilde gaan beoordelen, merkt hij dat het geluid afnam en dat de bromfiets even later tot stilstand kwam. 'Zeker hier uit de buurt,' mompelde hij en wierp nogmaals een blik naar buiten. Hé, wat was dat? Zag hij dat goed? Hij ging iets dichter bij het raam staan en kon nu duidelijk zien dat de jongen zijn brommer bij de lantaarnpaal voor het huis van Kristien parkeerde. Wat kon dat betekenen?

Een pizzabezorger was het niet, want die lui hadden van die knalgele of -rode kisten achterop en dat was hier niet het geval. Dit was een echte stoere jongensbrommer.

De bestuurder zette zijn helm af en Richter zag zijn vermoeden bevestigd: inderdaad, een jonge knul van hooguit zestien jaar, in een spijkerbroek en een antracietkleurig windjack met een overdaad aan decoraties. De jongen schudde zijn hoofd, streek door zijn haar, keek om zich heen en stapte op de woning van Kristien af.

'Ja hoor,' zei Richter hardop, 'hij gaat naar de familie Hendriks. Wat zoekt die knaap daar?' Hij keek nog eens goed. De auto van Bart stond niet op de voor hem gereserveerde parkeerplaats, wat betekende dat Kristien waarschijnlijk alleen thuis was. Misschien kwam die jongen iets afgeven. Iets vertrouwelijks of een of ander voorwerp dat de moeder van die jongen van Kristien had geleend en dat hij nu netjes kwam terugbrengen. Die moeder had hem natuurlijk gestuurd en gezegd dat hij direct moest terugkomen om te eten. Gezien het tijdstip van de dag was dat een aannemelijke theorie.

Maar Richter voelde dat het slechts gedachten waren om hem gerust te stellen, want in werkelijkheid was hij toch bezorgd. Niet dat hij de zaak niet vertrouwde, maar er zat iets vreemds aan. Iets dat hij niet goed onder woorden kon brengen.

Inmiddels had de jongen aangebeld. Richter hield zijn adem in en wachtte gespannen op wat er nu ging gebeuren.

Er werd opengedaan en Kristien verscheen in de deuropening. Ze lachte de jongen nerveus toe, liet hem gauw binnen en sloot de deur onmiddellijk achter hem dicht.

Richter liet zijn verdoofde blik op de gesloten deur rusten en voelde een stille verlatenheid die zich spoedig omzette in diepe afgunst. Was het opnieuw die door hem ontkende 'minnenijd' die zich als een waas voor zijn ogen voltrok? Als die gast alleen maar iets kwam afgeven, dan hoefde hij toch niet binnen te komen? Hij werd bevangen door een woest verlangen die massieve voordeur met geweld te openen en zich toegang tot de villa te verschaffen. Zijn mond vertrok bij de gedachte wat de werkelijke reden zou kunnen zijn waarom Kristien zich nu in dat huis bevond met een veel jongere jongen die zij kennelijk verwachtte en zonder schroom had binnengelaten.

In het licht van de lantaarn had Richter gezien dat jongen een getinte huid had. Vermoedelijk was hij van Indonesische of Noord-Afrikaanse afkomst, of van gemengde makelij. Hoe heette hij eigenlijk? Dat joch moest toch een naam hebben? De duivel had er één, meerdere zelfs, dus die brutale knaap moest er zeker één hebben. Richter liet zijn oog van de dichte deur naar brommer en weer terug gaan en dacht diep na. Plotseling schoot hem iets te binnen. Een naam: 'Jeffrey'. 'Ach natuurlijk,' dacht hij, terwijl hij zich bijna gelukkig prees om die snelle ingeving, 'zo heet hij. Al die gastjes heten zo. Of 'Mike', ook zo'n populaire roepnaam onder dat volkje.'

Hij voelde dat hij snel een definitieve naam moest kiezen om zijn voorstelling van de situatie beter gestalte te kunnen geven. 'Goed, we noemen hem Jeffrey,' besloot hij.

Even leek het erop dat Richter zijn kalmte gedeeltelijk hervond, maar het was slechts een tijdelijke berusting. De vraag bleef waarom Jeffrey bij Kristien was en wat zij daar uitspookten. Richter keek op zijn horloge en naar de brommer, die daar nog steeds onaangeroerd stond. Hij wist niet precies hoe laat Kristien haar bezoeker had ontvangen, maar het voelde alsof deze al een uur binnen was.

Hij wilde gaan zitten maar besloot toch te blijven staan en richtte zijn blik op de foto die hij nog al die tijd had vastgehouden en waarop Bart hem als een onnozele goudvis aangluurde. 'Vrouwen hebben zonderlinge motieven,' dacht hij. 'Zij trouwen met een man omdat hij aantrekkelijk of charmant is, maar na een paar jaar gaan zij pas echt van hem houden vanwege zijn tekortkomingen.' Hij keek nogmaals naar de foto. 'Als dat ook geldt voor uiterlijke tekortkomingen,' sprak hij, terwijl hij de afbeelding spottend ondersteboven hield, 'dan moet Kristien wel stapelgek op jou zijn.' Met een walging wierp hij de foto van zich af. Hoe moest hij daar in Godsnaam een representatief schilderij van maken?

Terwijl Richter de foto weer opraapte, vroeg hij zich af of die theorie eigenlijk wel opging voor Kristien. Het begon erop te lijken dat de praktijk het tegensprak. Hij voelde een plotselinge dorst opkomen, beende naar de keuken, schonk zijn glas weer vol en keerde terug naar zijn post bij het raam. Waar was hij gebleven? O ja, bij de praktijk. Nu, die was helder: op dit moment was notaris Bart Hendriks niet thuis en verkeerde zijn vrouw Kristien in het gezelschap van een onbekende jongen van hooguit zestien jaar die op zijn brommer was gearriveerd, gedeeltelijk van buitenlandse afkomst was en luisterde naar de naam 'Jeffrey'. Het gedrag van de gastvrouw had erop geduid dat zijn komst vooraf was aangekondigd en dat hij welkom was. De jongen had het huis daarna niet meer verlaten en aan de overzijde van de straat had een man van achtendertig jaar vanuit zijn bovenwoning het gebeuren nauwlettend in de gaten gehouden. Dat waren de feiten die niemand kon ontkennen.

Richter pakte een van de andere foto's die Kristien hem voor de opdracht had toevertrouwd. 'Eigenlijk heb ik er helemaal geen zin meer in,' dacht hij in een neerslachtige opwelling, maar uit nieuwsgierigheid hield hij het plaatje bij het licht. Het was een afbeelding van Kristien zelf. Prachtig genomen door iemand die zijn vak verstond en het geluk had een model te treffen dat niet hoefde te worden gefotoshopt. Het golvende haar, de stralende ogen, mysterieus en uitdagend, de fraai gewelfde rode lippen en het nog net zichtbare decolleté; alles was van een gracieuze schoonheid. Ze had een prinses kunnen zijn. Wat een contrast met de vorige foto. Had zij opzettelijk mooie exemplaren van zichzelf en lelijke van Bart bijgesloten? Of waren er gewoon geen lelijke van haar en geen mooie van hem? Richter besloot dat die laatste mogelijkheid de meest waarschijnlijke was.

Intussen gleed zijn blik weer naar buiten en stelde hij vast dat de situatie aan de overzijde ongewijzigd was. Hij nam voorzichtig een slokje port en liet de drank even over zijn tong rollen. 'Het wordt me langzaam duidelijk,' fluisterde hij, terwijl zijn ademhaling begon te versnellen. 'Jij komt helemaal geen geleend voorwerp terugbrengen, jochie,' sprak hij denkbeeldig tot de jongen. 'Jij komt voor iets anders. Ja, voor iets heel anders. En die Bart, de man van Kristien, die komt helemaal niet meer thuis vanavond. Die heeft ergens in het land een bijeenkomst, waarbij het zo laat wordt dat hij maar in een hotel blijft slapen en pas morgenochtend terugkeert. Dat weet jij donders goed knaap, en daarom ben jij op je stoere brommertje naar die mooie eenzame mevrouw gereden. En zij heeft jou natuurlijk al lang ingelicht en gezegd dat je vanavond maar langs moet komen. Zeg op, zo zit het toch?'

Richter dronk zijn glas leeg en overwoog om het opnieuw bij te schenken. Hij voelde zijn lijf gloeien van opwinding. De opwinding over het ontuchtige schouwspel dat zich daar aan de overzijde van de straat in al zijn heftigheid moest afspelen. Het was zijn eigen onvervulde jongensdroom geweest: hoe vaak had hij als minderjarige jongen niet het vurige verlangen gekoesterd een rijpe vrouw te beminnen? Daar had hij alles voor willen geven.

Driftig had hij er allerlei televisiegidsen op nageslagen om te zien of er geen films van die strekking werden uitgezonden. Hij had er zelfs een paar gezien, maar nog nooit had hij het van dichtbij, laat staan zelf meegemaakt. Ja, op zijn zeventiende had hij in een café een beetje gekust met een vrouw van zesendertig, maar die was helemaal niet knap geweest en hij had, door drank ondermijnd, uiteindelijk niet veel van de gebeurtenis meegekregen. De vrouw had hem zelfs nog uitgenodigd om bij haar thuis wat te komen drinken, maar hij had haar gezegd dat hij dringend naar huis moest. Zij was gescheiden en hij was doodsbang geweest dat haar ex-man plotseling met een groot mes de woonkamer zou binnenstormen om hem eens flink onder handen te nemen.

Maar nu, na al die jaren, kreeg die wilde fantasie onverwachts gestalte door die halfbloed jongen, die Jeffrey heette en die zijn brommer schaamteloos voor het huis van zijn minnares had geplaatst zodat iedereen wist hoe het zat. Dat interesseerde hem geen moer, die patjakker.

Richter beet op zijn lip. Zijn gezicht kreeg een smartelijke uitdrukking en hij wist wat er nu ging volgen. Er waren van die ogenblikken in het leven waarop de mens geen eigen wil meer had en door een hogere macht werd gegrepen en overmeesterd. Momenten waarop het denken ophield en men als een robot op het doel afstevende. 'Ik moet erheen,' fluisterde hij met bevende stem. 'Ik wil het met mijn eigen ogen zien.'

Hij greep zijn jas, voelde gauw of de sleutels erin zaten, snelde de trap af en stond even later beneden op de stoep. Nog slechts een ruime straatbreedte scheidde hem van Kristiens huis dat hem nu als een zedelijk bedorven oord voorkwam en waar hij door een duistere kracht naar toe werd gezogen. Ginds stond de bromfiets van die schandknaap. Daar moest hij in ieder geval van

31

afblijven. Hij moest rustig en onopvallend naar het huis lopen en proberen ergens een glimp op te vangen.

Nauwkeurig tastte zijn oog de voorgevel af om zien of ergens aan de straatzijde licht brandde. Er waren inderdaad lampen ontstoken, maar de dichte vitrage verhinderde het zicht. Hier kwam hij niet verder. Misschien moest hij het aan de zijkant proberen.

Tussen de woning en het naastgelegen pand lag een pijpenla die door achterstallig onderhoud weelderig was begroeid met klimop, heesters en andere plantensoorten. Het duistere pad was afgesloten door een halfhoog verroest hekje dat er vies uitzag en in geen tijden meer was gebruikt. Richter wierp een onderzoekende blik in het steegje en ontdekte dat er zich aan die kant van het huis nog een venster bevond. De schaduw op de muur van het naastgelegen huis duidde erop dat er in het vertrek, dat op het steegje uitkeek, ook licht brandde. 'Misschien worden we daar wijzer,' dacht hij en maakte zich op om geruisloos over het hekje te stappen. Maar juist toen hij de hindernis wilde nemen, viel zijn oog ineens op het getraliede raampje ter hoogte van het trottoir dat hij 's middags nog had bekeken. Er brandde nooit licht daar in het souterrain. Nu ook weer niet... hoewel... Richter boog het hoofd en keek nog eens. 'Verrek,' fluisterde hij. 'Toch wel.' Tussen de twee bijna gesloten gordijnen ontsnapte een minuscuul reepje licht.

'Ze zitten beneden,' schoot er door hem heen. 'Beneden in de kelder. Samen met zijn tweetjes.' In zijn opwinding vergat hij dat hij zich op het trottoir bevond, in het volle licht van de straatlantaarn. Hij knielde voor het venster neer en stak zijn hoofd zo ver mogelijk door het traliewerk in een wanhopige poging iets te vernemen. Hij draaide zijn gezicht in allerlei standen om alles in het vizier te krijgen, maar het enige dat hij kon onderscheiden was een dun zwart voorwerp dat hij niet kon thuisbrengen, omdat hij het maar gedeeltelijk kon zien.

Beteuterd ging hij op zijn hurken zitten en mompelde iets onbeduidends, tot hij zich plotseling realiseerde dat Jan en alleman zijn verrichtingen van begin af aan hadden kunnen volgen. Hij schrok op en sprong met een wonderlijke souplesse over het hekje de pijpenla in.

'Dat was op het nippertje,' dacht Richter toen hij hijgend zijn rug tegen de muur drukte om niet te worden opgemerkt. 'Nu maar hopen dat niemand het gezien heeft. God sta me bij.'

Het duurde even voordat hij zijn normale ademhaling had hervonden. Hij keek de steeg in en huiverde. De gewoonste dingen hadden in het donker iets angstaanjagends en het scheen hem toe dat zich onder het struikgewas moordlustige roofdieren of ontsnapte gevangenen schuilhielden. Hij voelde zich niet op zijn gemak en hij moest toegeven dat het voor een man van zijn leeftijd niet normaal was om zulke capriolen uit te halen.

Op zijn tenen liep Richter de steeg verder in en kwam tot vlak bij het venster, dat te hoog geplaatst bleek om er zonder trap of opstapje door naar binnen te kunnen kijken. Verslagen keek hij naar de grond en vloekte inwendig.

'Ik kan wel huilen,' dacht hij. En terwijl hij weer op zijn hurken ging zitten om zich te beraden over het verdere verloop van de operatie, zag hij voor zich hoe de jongen Kristien met boerse lompheid vastgreep en haar over de tafel legde en haastig ontblootte. 'Hij handelt als een primitieve woesteling,' sprak een donkere stem in zijn hoofd. 'Als een wild, onbeschaafd beest en dat is juist wat ze wil. Dat is het wat zij zo vurig in hem bemint: het onhandige gestuntel van een beginneling, maar vurig en krachtig en met de atletische beweeglijkheid van de jeugd.'

Tjonge, waren dat zijn woorden? Nee, die waren niet van hem, die kwamen van elders en stroomden als kolkende lava zijn hoofd binnen. 'Aan u, ja, aan u schenk ik mijn maagdelijkheid,' hoorde hij de hitsige jongen zeggen. 'Aanvaardt mijn offer en ik... ik zal u geven... de eeuwige... de eeuwige jeugd, mevrouw. Door u, met u en in u... Ontvang mijn zegen en... en...'

Richter stond op en keek nerveus om zich heen. Had hij een visioen gehad, net als Hildegard von Bingen, maar dan van een beduidend andere strekking? Zijn hart bonkte in zijn keel en hij was bang dat iemand het zou horen. Hij huiverde. Die jongen, die Jeffrey, die had toch niet werkelijk zo tegen haar gesproken? Dat van 'aanvaard mijn offer' en het gewag maken van de zegen, dat waren toch geen uitspraken van een jongen van zestien? Sterker nog, dat deed toch helemaal niemand tijdens het liefdesspel, ongeacht de leeftijd? Richter vroeg zich af hoe het kwam dat zijn gedachten altijd een toenemend religieus karakter kregen, naarmate de door hem zelf opgevoerde voorstelling van wilde zonde en geheime genietingen haar hoogtepunt naderde. Was het dat hij daarmee onbewust de grootsheid der dingen aangaf en daarmee een verband legde tussen liefde en religie?

En dan was er nog iets over de jeugd. Over eeuwige jeugd. Kristien was stellig een stuk ouder dan Jeffrey, maar zag er evenwel bijzonder goed uit. Kon een en ander met elkaar in verband worden gebracht? Had de schoonheid van Kristien iets te maken met de jeugdige leeftijd van haar geheime minnaar?

Richter probeerde een antwoord op die vraag te vinden. Vampiers, zo wist hij, voeden zich met het bloed van jonge maagden om in leven te blijven, afgezien van het exquise genot dat die handeling hen verschaft. Maar bestond er naast het verkrijgen van onsterfelijkheid dan ook zoiets als het behouden van jeugdige schoonheid, door deze te onttrekken aan een jonge jongen? Misschien bestonden er geheime boeken en geschriften over en was het juist die lectuur waar de schrijver van die achttiende-eeuwse predicaties zijn lezers zo nadrukkelijk voor wilde behoeden.

Hoe het ook zij, voorlopig stond hij nog altijd in die drassige pijpenla en was hij nog geen steek verder gekomen. Er moest wat gebeuren, en snel ook.

Aan het donkere einde van de steeg, half onder een klimop, zag Richter een oud veilingkistje liggen. Hij schatte de hoogte ervan en keek op naar het raam boven hem. 'Misschien net hoog genoeg,' dacht hij en sloop op het voorwerp af. Gezien de mosbegroeiing moest het er al geruime tijd liggen. Hij pakte het op, liep terug en zette het tegen de muur onder het venster. Voordat hij erop ging staan, bezag Richter nogmaals de te overbruggen afstand. 'Dat red ik net niet,' mompelde hij en ging terug naar de plaats waar hij het kistje had gevonden om te kijken of er nog iets bruikbaars lag. Hij zag een pannetje, een oude fietsband en een klomp, die nog de resten van een verdorde plant bevatte. Plotseling viel zijn oog op iets dat hij niet direct kon thuisbrengen. Hij moest ver voorover buigen om het te pakken en trok het langzaam naar zich toe. Het bleek een rieten prullenmand te zijn. Daar viel wat mee te beginnen, hoewel het doorweekt was van maandenlange regen en het rottingsproces al was ingezet.

Richter bracht zijn nieuwste aanwinst naar de plek waar hij wezen moest. Opnieuw voelde hij zijn hartslag versnellen. Nog even en dan zou hem alles onthuld worden. Dan zou hij zien hoe de eeuwige jeugd aan Kristien werd toegediend. '*Stürmisch bewegt, mit größter Vehemenz*, om met Mahler te spreken,' dacht hij. 'Ik had verdomme dat fototoestel moeten meenemen.'

Hij zette de prullenmand met de open kant op het veilingkistje en voelde voorzichtig met zijn voet of het gammele bouwwerk zijn volle gewicht zou kunnen dragen. Het kraakte iets maar dat deerde niet. Hij was gedreven door een ijzeren wil om Kristiens ontrouw te ontsluieren en liet zich nu door niets of niemand meer tegenhouden.

Vastberaden stapte hij op de stellage, greep naar de onderkant van het venster en juist toen hij er een blik door wilde werpen, hoorde hij met een harde klap de voordeur van het huis dichtslaan. Hij schrok, wankelde even en zakte toen met daverend kabaal door de verrotte prullenmand en het kistje heen. Wonder boven wonder bleef hij overeind, maar de schrik had hem om het hart geslagen en hij stond als aan de grond genageld. Ze hadden hem ongetwijfeld gehoord. Hij moest donders gauw maken dat hij wegkwam. Bang keek hij naar het hekje aan het begin van de pijpenla. Teruggaan kon niet meer. Daar werd hij nu gezocht en ze zouden spoedig ook de steeg gaan uitkammen. Hij moest de andere kant op, en wel nu meteen.

Hij rukte zijn voeten los en haastte hij zich met grote passen naar het einde van het pad, links en rechts de regenplassen, struiken en verspreid liggende bakstenen ontwijkend. 'Kijk goed uit voor de plassen,' klonk het in zijn hoofd, maar hij schonk er geen aandacht aan en snelde gejaagd voort. Hij bereikte het eindpunt en stelde vast dat deze grensde aan een grote weg. Alleen een brede spirea en een zelfde hekwerk als aan de voorzijde scheidde hem nog van het veilige trottoir. Dat was geen onneembare hindernis. Met dichtgeknepen ogen sprong hij door de struik en klom toen onhandig over het laatste opstakel. Hij hijgde. Goddank was hij aan de klopjacht ontkomen. Nu was het zaak zich snel van de plek des onheil te verwijderen, om te voorkomen dat zijn beschadigde en met modder besmeurde kleding hem alsnog zouden ontmaskeren.

4
Intermezzo I

In korte tijd had Richter zich ver van zijn woonbuurt verwijderd en alles wees erop dat zijn vlucht geslaagd was. Overal op straat was het rustig geweest en de weinige voorbijgangers hadden hem niet vreemd of argwanend aangekeken. Evenmin had hij het gevoel gehad te worden achtervolgd, en als hij vluchtig achterom had gekeken, was hem niets ongewoons opgevallen. Alles was nu wel in orde en hij voelde een zekere trots dat hij het succes van de operatie volledig aan eigen intuïtie en daadkracht te danken had. Zou er dan toch een verborgen kracht in hem zitten? 'Ik kan zo bij de recherche,' dacht hij. 'Daar kunnen ze nog veel van me opsteken.'

Hij hield even stil en verkende de omgeving. Het was een armoedige buurt, geen wijk waar je voor je plezier doorheen liep. In de verte zag hij op een hoek een verlicht uithangbord. Was dat een kroeg? Richter overlegde met zichzelf wat hij moest doen. Hij kon best een versterkende slok gebruiken. Maar hoe zat het met zijn kleding? Die had nogal geleden onder die escapade van zo-even. Hij ging onder een straatlantaarn staan om de schade op te nemen. Het viel mee. Zijn schoenen zaten weliswaar onder de modder, evenals de onderkant van zijn broek, maar zijn jas was vrijwel ongeschonden uit de strijd gekomen. Wel zat hij nog onder de dorre takjes van de spirea, maar die kon je wegvegen. En die vieze schoenen, vielen die op in een bruin café? Niet zolang je maar in de donkerste hoek aan de bar ging staan. Ze keken altijd eerst wie er binnenkwam en dan pas hoe die persoon gekleed was. Wanneer hij dus direct doorliep naar zijn bestemming, zou die broek aan ieders oog worden onttrokken.

Hij sloeg de takjes van zijn jas en uit zijn haar en voelde

in zijn jaszak. Kijk aan, voldoende kleingeld voor zeker twee consumpties. Hij zette zijn kraag op en stapte zonder verder na te denken op het café af. Bij de ingang repeteerde hij nog snel even het voorgenomen scenario, aarzelde toen niet langer en stapte naar binnen.

Hij rook een bekende geur: die kenmerkende kroegenlucht van vroeger, die bestond uit een mengeling van bier en sigaretten. Kennelijk werd er hier nog wel eens eentje illegaal opgestoken.

De bar bevond zich aan de lange wand. Richter liep door naar de verste hoek en bleef daar versuft hangen. Aan de tapkast zaten twee mannen van middelbare leeftijd met elkaar te praten en verderop zat een gezelschap van vier jongens en een meisje te kaarten. Richter leunde tegen de koperen buis die de bar om-spande. Bestond deze tent al lang? Dat wist je nooit in zo'n bruin café. Het kon honderd jaar of tien jaar zijn. Het was een vorm van tijdloze tragiek die bewust was gecreëerd om even niet aan tijd te worden herinnerd. Alles was er: die geur, het schemerlicht, de geblokte tafelkleedjes, het prikbord met de speeldata van de dartvereniging en de verschoten gordijntjes. Waarschijnlijk lagen er in de pisbakken van die blauwe blokjes om de ergste stank te verdrijven.

'Zeg het maar,' klonk het opeens. Richter keek op en zag de kastelein, een gezette vijftiger, voor hem staan.

'Bier,' antwoordde Richter droog.

'Gewoon een pilsje?'

'Ja hoor, gewoon pils.'

'Opschrijven?'

'Als u wilt, graag.'

Ging de man ook nog vragen of hij interesse had in krasloten voor de plaatselijke voetbalclub? Meestal heerste in een buurtcafé als dit een sterk saamhorigheidsgevoel en voor je het wist maakte je er deel van uit.

'Asjeblief.' De barman zette het glas op een viltje. 'Ik geloof niet dat ik jou hier al eens eerder heb gezien, is het niet?'

'Klopt,' antwoordde Richter, terwijl hij meteen sympathieke gevoelens voor deze kastelein kreeg. 'Hij wil me er bij betrekken,' dacht hij. 'Wat aardig van hem.'

'Ik woon elders in de stad en ik kom hier eigenlijk nooit,' vervolgde hij, 'toevallig dat ik een eindje heb gewandeld en hier beland ben.'

'Nou, kijk eens aan. Da's mooi!' riep de man vrolijk en liep naar de spoelbak om glazen te wassen.

Richter volgde zijn verrichtingen en merkte dat zijn gevoel van genegenheid toenam. Wie was die man? Had hij een gezin? Leefden zijn ouders nog? Droeg hij een geheim met zich mee? Misschien was hij wel eens door dronken gasten in elkaar ge- slagen, alleen maar omdat hij hen om twee uur 's nachts had gezegd dat hij wilde afsluiten. Die lui hadden hem geschopt en geslagen en gedreigd zijn vrouw en kindertjes te grazen te nemen als hij er ook maar met één woord over zou spreken. En dat gezinnetje was erg arm. Zo arm dat ze maar net konden rondkomen van zijn povere inkomen dat hij als kastelein ver- diende. Daarom slikte hij het maar, zonder er met iemand over te praten. En toch maar vrolijk blijven en een vreemde bezoeker als hij met een vriendelijk woord verwelkomen.

Richter was verdrietig en boos tegelijk. 'Moet je nou eens kijken met wat een toewijding hij zijn glaasjes spoelt,' dacht hij. 'Als ze aan hem komen, dan komen ze aan mij.'

Waar had hij dat vandaag trouwens eerder gevoeld, die plotselinge vertedering voor een onbekend persoon? Richter liet de gebeurtenissen van de dag de revue passeren. Ach natuurlijk, in de Mariakapel, voor dat oude dametje dat zo vriendelijk naar hem had geknikt en hem nog had gewaarschuwd voor de regenplassen. Diezelfde boodschap had net weer in zijn hoofd geklonken, toen hij zich zo haastig uit de voeten moest maken. Wat gek toch, dat zo'n onbenullige opmerking je zo lang kon bijblijven.

Hij nam drie grote slokken en zette zijn glas neer. Zijn gedachten waren blijven steken bij de Mariakapel. Voor dat beeldje van Maria Magdalena had hij nog staan peinzen over de mensenrechten. Maar hoe zat het eigenlijk met dierenrechten? Hij zag zichzelf weer voor het grote Mariabeeld staan. Hoe keek zij aan tegen dierenmishandeling? Vast anders dan de politiek, want die maakte zich daar nauwelijks druk om. En toch was de mens telkens weer op het dier aangewezen. Dat zag je maar bij aardbevingen en lawines. Wie moesten de getroffenen uiteindelijk redden? Precies, de speurhonden. Die hadden al talloze overlevenden uit de betonnen puinzooi en de koude sneeuw gehaald. Maar wettelijk vastgelegde rechten hadden zij nog steeds niet. 'Het is nog veel erger dan slavernij,' dacht Richter, terwijl hij nijdig zijn glas leegde.

'Nog een keer hetzelfde?' vroeg de kastelein onmiddellijk met een guitig gezicht.

'Graag,' antwoordde Richter.

De man tapte het biertje, zette het met een joviaal gebaar neer en kraste wat op een papiertje achter de bar.

'Als dat tuig terugkomt, dan zijn ze voor mij, maat,' sprak Richter onhoorbaar, 'dat verzeker ik je.'

Maar waar was hij gebleven? O ja, bij het droevige lot dat die hulpvaardige dieren was beschoren in die onrechtvaardige mensenwereld. En dat terwijl er zoveel 'heilige' dieren waren, zoals uilen, konijnen en katten. Volgens Richter waren uilen in hun geloofsbeleving het strengst. Die hielden nog vast aan de

Latijnse liturgie en het Gregoriaans. Konijnen begrepen daar niets van, maar wisten in hun onschuld wel dat Maria heel veel van hen hield, wat weer de reden was waarom katten hen zo beminnelijk vonden. Katten waren veel zelfstandiger en konden zich prima redden zonder hemelse bemiddeling. Toch riepen zij regelmatig de hulp in van de heilige Petrus Canisius. God mocht weten waarom juist hem, maar katten waren nu eenmaal mystieke wezens en Richter was ervan overtuigd dat dit geheim ons later in het hiernamaals wel zou worden uitgelegd.

'Ja, later in het hiernamaals,' herhaalde hij in gedachte, 'als de ziel is opgestegen en zij ons verwacht.'

Ontroerd door deze schone woorden, bleef hij een tijdje naar het plafond staren, waaraan drie koperen toeters en een roestige poffertjespan hingen.

Toen hij zijn glas weer opnam, merkte Richter dat de twee stamgasten aan de bar hem met wantrouwende blikken opnamen. Hij voelde zich plotseling opgejaagd en kwaad worden. Wat deed hij eigenlijk in deze zuipkroeg? Had hij niets beters te doen? Moest hij niet thuis wezen om eindelijk eens aan dat schilderij te beginnen? Bart en Kristien hadden hem die opdracht toevertrouwd, zij rekenden op hem en wilden er ook nog eens goed voor betalen. Eigenlijk was het schandalig dat hij hier zijn tijd zat te verdoen. Iedere minuut langer was er één teveel.

Hij nam een geforceerde slok van zijn bier en zag in de spiegel achter de tapkast dat de twee mannen hem nog steeds in de gaten hielden. De een leek iets tegen de ander te fluisteren. Nerveus raadpleegde Richter zijn horloge, zonder te zien hoe laat het was. Als hij nu een beetje overdreven schrok, zou dat de indruk wekken dat hij gehaast was. Dat rechtvaardigde dan het snel legen van zijn glas, waarvan de inhoud hem nog weerhield om op te stappen. Hij voerde het plan uit, legde het geld op de bar, riep 'tot ziens' en beende naar de uitgang.

'Hé wach nou effe!' riep iemand achter hem.

Richter keek om en zag dat de kastelein een vers getapt biertje omhoog hield.

'Die heb je van de heren hier aan de bar!'

'Sorry,' antwoordde Richter, 'ik moet echt gaan. Bedankt in elk geval.' Hij groette met een onzeker handgebaar en spoedde zich naar buiten.

Binnen lachten ze zich nu waarschijnlijk een ongeluk om dat kluchtige figuur, terwijl ze het afgeslagen pilsje over hun eigen glazen verdeelden. Maar daar moest hij niet te lang bij stil blijven staan. Hij zette onmiddellijk koers naar huis, want het was de hoogste tijd. Tijd om volwassen te worden.

5
Onverwacht bezoek

De warme douche die Richter na thuiskomst had genomen, had hem nieuwe krachten geschonken. Nu was de kunst om deze aan te wenden voor het schilderij dat nog niet bestond, maar waarvan het naakte wit van de onderlaag hem bijna smeekte om in actie te komen.

Hij liep naar het bijkamertje, trok zijn schildersjas aan, schonk in de keuken een beaujolais in, nam er twee forse slokken uit, vulde het glas opnieuw bij en begaf zich naar de schildersezel. Hij had deze zo in de kamer opgesteld dat hij gelijktijdig naar buiten kon kijken, zonder zelf te worden opgemerkt.

Met enige aarzeling begon hij nu met houtskool de contouren op het paneel te schetsen. 'Ze komen gewoon naast elkaar,' besloot Richter. 'Verder niets. Geen nutteloze versiersels of andere poespas er omheen. Gewoon strak en statig.'

Hij tekende en kraste nog enige minuten voort, deed toen een stap naar achter en keek met samengeknepen ogen naar de vlot aangebrachte basisvormen. 'Meer doen met minder,' speelde als een melodie door zijn hoofd. Die zin klonk als een propagandistische leus van een kringloopwinkel, maar kon evengoed op het portret worden geprojecteerd.

Richter greep de foto van de notaris en hield deze naast het paneel. 'Ja, meer met minder,' zuchtte hij, 'ga er maar eens aanstaan. Eén ding is zeker: dit is geen opdracht voor beginnelingen.'

Hij legde de foto terug en liet zijn blik afdwalen naar buiten. Bij de straatlantaarn aan de overkant stond niets meer. De brommer was weg, en dat verbaasde hem niet. Hij was er inmiddels van overtuigd dat het die brutale etter was geweest die zo onbehouwen Kristiens voordeur had dichtgesmeten, waardoor hij, Richter, als een misdadiger naar het andere einde van de stad had moeten vluchten. Het was allemaal zijn schuld. Als die Jeffrey gewoon meteen naar huis was gegaan, dan was er niets aan de hand geweest en had het portret van Bart en Kristien nu geen onnodige vertraging opgelopen. Zo zat het.

Zwijgend bleef Richter voor het paneel staan. Het kwam hem voor dat het tafereel dat zich ten huize van Kristien voor zijn geestesoog had afgespeeld, een stuk gecompliceerder in elkaar stak en teruggreep naar de oervorm van het menselijk instinct. Kristien was geen domme vrouw. Integendeel. Daarom was zij niet alleen interessant als vrouw, maar ook als studieobject. Want hoe kwam het toch dat buitenechtelijke relaties en bizarre seksuele uitspattingen juist in intellectuele kringen zo vaak voorkwamen? Bestond daar een verband tussen? Anderzijds waren de eenvoudigen van geest doorgaans de trouwste partners. Waarschijnlijk had dat met geloof en angst voor het Laatste Oordeel te maken.

Hoewel, wie beweerde dat die minder begaafde lieden elkaar niet uit vrije wil trouw bleven? Er waren ook atheïsten die nooit 'vreemdgingen', gewoon uit natuurlijke loyaliteit. Vast stond wel dat oppervlakkige mensen niet alleen gemakkelijker toegang tot de hemel kregen, maar dat zij het ook op aarde een stuk gemakkelijker hadden. Die hadden geen last van geestelijke kwellingen, ontstaan door diepzinnige overpeinzingen of de strijd tegen onvolmaaktheid, waar een intellectueel onherroepelijk toe veroordeeld leek. Rustig leven, werken en tevreden zijn; dat was enkel aan hen gegeven.

Maar zo kwam hij niet verder, besefte Richter. Hij moest bij het begin beginnen: waarom pleegde de mens, ongeacht het verstandelijke niveau überhaupt overspel? Richter meende dat er zoiets bestond als het gehoor geven aan een dierlijke roep die diep in ieder mens leefde. De meeste dieren waren immers niet monogaam en zij wekten niet de indruk daaronder gebukt te gaan. En dat terwijl het begrip jaloezie, dat aan het probleem ten grondslag lag, een emotie was die bij dieren wel degelijk voorkwam. Ook hier kwam hij geen steek verder mee, tenzij er een verband bestond tussen overspel en jaloezie of indien jaloezie juist als een opwindend element in de liefde moest worden beschouwd.

Richter voelde dat zijn gedachten zich geleidelijk aan zelfstandig gingen ordenen. 'Nu komen we op het hellende vlak,' sprak hij tegen zichzelf, 'want niemand zal beamen dat je helemaal geil van jaloezie kan zijn. En als ze niet vreemd gaan, dan doen ze dat uit goed fatsoen of vanwege kerkelijke dreigementen, of door pure luiheid. Maar die roep blijft, dat zeg ik je.'

Hij liet zich in zijn fauteuil zakken en dronk van de beaujolais. Van deze afstand bestudeerde hij nogmaals de contouren die hij op het paneel had aangebracht. De eerste opzet was aardig geslaagd, hoewel een buitenstaander er waarschijnlijk nog niets van kon maken. Maar dat was bijzaak.

Langzaam voorover buigend tastte Richter naar de foto's van Kristien op de salontafel en hield ze tegen het licht. Gesteld, overwoog hij, dat het allemaal klopte... dat dus die geheime leer van het verkrijgen van de eeuwige jeugd inderdaad door Kristien werd toegepast en dat zij daar jonge minnaars voor gebruikte, hoe kwam zij dan aan die jongens? Voor zover Richter wist hadden zij en Bart geen opgroeiende kinderen en kon er dus geen sprake van zijn dat er wel eens een 'vriendje van school' over de vloer kwam bij wie zij eenvoudig in het gevlei zou kunnen raken. Zo was het niet. De prooi werd haar niet zomaar in de schoot geworpen. Ze moest dus zelf op jacht gaan.

Richter vouwde zijn handen in zijn nek, strekte zich en liet zich weer in de stoel zakken. Het troebele beeld van schooljongens, vriendjes, stiekem roken en stoere jongenstaal spookte door zijn hoofd en boeide hem mateloos. Betekende dit weer dat hij iets op het spoor was? Onmogelijk was het niet, want waar anders zou Kristien gemakkelijker in contact kunnen komen met jonge knapen dan op het schoolplein, gemeenschappelijke verzamelplaatsen of in de eindeloos gevulde fietsenstallingen van het plaatselijke lyceum? Daar was het prijsschieten, en dat wist Kristien donders goed.

Richter voelde zijn blik verscherpen en zag nu duidelijk voor zich hoe Kristien zich op gezette tijden, gekleed in een nauw-sluitend, van gladde stof vervaardigd jurkje naar het lyceum begaf om daar post te vatten ter hoogte van het schemerige fietsenhok onder het schoolgebouw, dat plaats bood aan wel tweeduizend fietsen en bromfietsen. Verdekt opgesteld wachtte zij daar geduldig op de eerste lading eenlingen, behoedzaam de gegroepeerde jongeren mijdend omdat die alleen al door hun aanwezigheid roet in het eten konden gooien. Enkelingen, ja daar ging het om.

Na een poosje kwam er een wat dromerige jongen aan. Hij had halflang donker haar en een getinte huid. Had hij net als de anderen gewoon pauze of had hij een tussenuur? Misschien was hij al vrij. Kristien hield hem nauwlettend in de gaten. De jongen hield stil bij een oude fiets en legde zijn rugtas op de bagagedrager. Blijkbaar was hij van plan om weg te gaan. Kristien zag haar kans schoon en liep snel op hem af.

'Hoi, mag ik je wat vragen? Ken jij Tony?' (Tony was een ver-zonnen figuur die zij ten tonele riep om een gesprek met de jongen aan te kunnen knopen).

'Sorry, wie? Tony? Nee, ken ik niet.'

'Echt niet? Hij moet ongeveer van jouw leeftijd zijn schat ik. Hoe oud ben jij?'

'Ik? Ik ben zestien.'

Kristien ging nu recht voor de jongen staan en zag hoe hij een snelle blik over haar lichaam liet gaan.

'Weet je, ik moet hem spreken over zijn foto's,' ging ze door alsof ze niets had gemerkt.

'Foto's?'

Er volgde een korte stilte. Toen begon Kristien te lachen en pakte ze de jongen even bij zijn arm.

'Ach ja natuurlijk, neem me niet kwalijk. Ik overval je ineens met al die plotselinge vragen.'

Ook de jongen glimlachte nu, hoewel hij zich duidelijk on- wennig voelde tegenover deze vrouw die zo plotseling op hem af was gestapt. Een vrouw die weliswaar een stuk ouder was dan hij, maar die niettemin een verleidelijke schoonheid bezat.

'Ik zal me even voorstellen,' hernam ze. 'Ik heet Kristien. Ik ben fotografe.' Ze stak haar hand uit. Beduusd gaf de jongen haar een hand en keek haar onderzoekend aan.

'Geen gewoon modellenwerk hoor, meer kunstfotografie,' ver- duidelijkte ze. 'Ik weet eigenlijk niet zo goed hoe ik het moet uitleggen. Het zijn van die dingen die je moet zien of moet doen om te weten wat het is. Je moet het ervaren, zeg ik altijd.'

Ze keek de jongen strak aan. 'Begrijp je?'

De jongen knikte, zonder ook maar een idee te hebben wat ze bedoelde.

Opnieuw viel er een stilte die nu wat langer duurde dan de vorige keer.

'Ben je bekend met modellenwerk?' vroeg Kristien opeens.

De jongen voelde zich tegelijk trots en nerveus worden.

'Ik? Uh, nou nee niet echt,' lachte hij verlegen.

Kristien kneep haar ogen een beetje samen en bezag hem met de bestuderende blik van een kenner.

'Ik denk dat jij best een goed model zou kunnen zijn,' stelde ze. De jongen kleurde nu rood. 'Denkt u dat?'

'Nee, dat weet ik. Zoiets herken ik meteen. Dat komt door mijn ervaring op dit vakgebied. Eigenlijk zou je eens bij me langs moeten komen voor een korte reportage. Geheel vrijblijvend natuurlijk, gewoon om te zien of het je wat lijkt. Wat mij betreft kan het morgenmiddag rond een uur of drie. Kun jij dan ook?'

In een sterk versneld tempo zag Richter nu hoe de verdere conversatie en de daaruit voortgekomen afspraak zich had voltrokken: de knaap had met een smoes bij het laatste lesuur verstek laten gaan en was snel op z'n fietsje naar de mysterieuze fotografe vertrokken. Ze had hem binnengelaten en meegenomen naar het souterrain want daar was, volgens haar, de fotostudio. Maar eenmaal onder in die kelder aangekomen bleek er helemaal geen sprake te zijn van een echte studio met decor, grote lampen en dure fotoapparatuur. Helemaal niets van dat. Alleen een groot bed met zwarte satijnen lakens, zwarte gordijnen en zware spiegelplaten aan de wanden. En de jongen was nog niet van zijn verbazing bekomen of zij had haar lichaam al tegen het zijne gedrukt. De geur van vers jongenszweet door zijn overhemd... het langzaam losknopen... zijn bonkend hart... de kus... zijn handen op haar billen... haar kousen... het zwarte satijn... het bed en...

Richter schrok, alsof hij uit een droom ontwaakte en ging rechtop in zijn stoel zitten. 'Goddomme,' riep hij opgewonden, terwijl dat onbehaaglijk gevoel van afgunst hem opnieuw begon te kwellen. 'Dit zal toch niet waar zijn? Dit is pure waanzin.'

Het duurde even voordat hij zijn kalmte had hervonden. Was het eigenlijk wel normaal dat hij een fictief tafereel als dit zomaar even uit de hoge hoed toverde? Richter twijfelde. Was hij neurotisch? En zo ja, wanneer was die afwijking dan ontstaan? Was het bij hem een aangeboren iets, dat altijd latent aanwezig was geweest en nu ineens naar buiten trad?

'Misschien moet ik op yoga,' overwoog hij. 'Of transcendentale meditatie. Daar komen die Tibetaanse monniken ook zo fijn tot rust van.' Vrede vinden met jezelf, daar ging het om, hoewel dat natuurlijk een oude wijsheid was die al in de middeleeuwen door de Nederlandse monnik Thomas a Kempis in de *Imitatio Christi* was verkondigd als basis voor een vruchtbare omgang met anderen. Bovendien waren yogacursussen schandalig duur. En dan lag je daar op zo'n benauwde zolderkamer, tussen verlichte geesten die beurtelings een wind lieten ontsnappen en dat allemaal heel normaal vonden.

Richter had pas nog ergens gelezen dat yogacursussen op grote schaal gratis werden verstrekt aan gevangenen uit Derde Wereldlanden. En iedereen juichte het nog toe ook, want de statistieken hadden uitgewezen dat het criminele gedrag van dat zootje ongeregeld na vrijlating met zoveel procent was afgenomen. 'Het hele idee van menslievendheid wordt weer flink uit zijn verband gerukt,' stelde hij vast. 'Als je in ruil voor een paar moorden en verkrachtingen zo'n fijne meditatiecursus cadeau krijgt, waar blijven we dan?'

Maar daar ging het nu niet om. De vraag was of dat spontaan opgetreden visioen van Kristiens geraffineerde verleidingstechniek betekende dat hij psychisch niet helemaal in orde was. Aan zijn leeftijd kon het niet liggen, want fantasieën als deze waren al ruim twintig jaar doorlopend bij hem aan de orde geweest. De bevreemding lag meer in het feit dat hij ze nog steeds had, terwijl ze bij anderen in de loop der jaren juist afnamen.

Hij draaide zich om en ging voor de spiegel staan om zijn gelaatstrekken nog eens nauwkeurig te observeren. 'Ouder worden is eigenlijk ook maar subjectief,' sprak hij zichzelf bemoedigend toe. Goed, op zijn voorhoofd begon een frons zich wat duidelijker af te tekenen en ook de uitdrukking in zijn ogen getuigde van volwassenheid. Maar er zat nog steeds iets jeugdigs in die kop. Vooral van een afstandje, en als hij zijn haar opzettelijk wat slordiger kamde, mocht hij er best wezen. Daarnaast was het bekend dat veel jonge meiden op oudere mannen vielen. Althans, dat was de overtuiging van talloze dertigers.

Al peinzend viel Richters oog op zijn nogal oubollige schilders-jas en besefte hij dat hij door al dat getob over Kristien en zijn geestelijke gezondheid opnieuw kostbare tijd had verspild. Hij wende zich van de spiegel af en liep naar het paneel.

Nogmaals beoordeelde hij de stand van zaken. Het zag er beslist goed uit. In principe waren de opgetekende vormen al voldoende om met de verf aan de slag te gaan en een begin te maken met de achtergrond. Richter glimlachte tevreden, omdat de tijdspanne waarin het werk voltooid diende te worden ineens wat ruimer leek. 'We gaan het toch wel redden,' hield hij zichzelf voor. 'Geen gelul meer en niet tobben. Gewoon schilderen en verder niks.'

De verftubes lagen keurig geordend in een metalen kistje en Richter begon er nu één voor één een beetje verf uit te knijpen op het palet. Kobaltblauw, ultramarijn, sienna, oker, titaan wit, zwart en terra, daar kon hij het voorlopig wel even mee doen. Voorzichtig mengde hij met zijn paletmes de terra met een beetje oker en titaanwit, en bracht de aldus verkregen nuances in willekeurige richtingen aan op het paneel. De techniek met het paletmes was dan wel niet de meest traditionele, maar het werkte aanzienlijk snel en zeker nu was elke seconde tijdwinst meegenomen.

Na tien minuten was de eerste fase zo goed als af. Later zou er waarschijnlijk nog een glacis van transparant karmijn overheen gaan, maar voorlopig had de achtergrond de gewenste basiskleur en kon hij van hieruit verder met de grondkleuren van meneer en mevrouw zelf.

Richter deed een stap naar achteren en staarde naar zijn verrichtingen. Terwijl hij het achtergebleven bodempje wijn opdronk, leek het alsof hij iets hoorde. Hij spitste zijn oren en luisterde aandachtig. Weer hoorde hij een eigenaardig geluid. Kwam dat bij hem vandaan? Dat kon niet. Zijn bovenwoning was door een lange trap van de voordeur gescheiden en alleen hij had daar de sleutel van. Hij hield zijn adem in. Het gerommel nam toe en hij meende nu ook voetstappen te horen. 'Wat krijgen we nu?' fluisterde hij, terwijl een toenemende angst hem beving. 'Het is verdomme hier. Wie kan dat zijn? Wat wil die persoon?' Hij stond als aan de grond genageld. De voetstappen waren nu onmiskenbaar en wezen erop dat iemand naar boven kwam.

Richter begon zwaar te ademen. 'Het is een zwarte crimineel die jou de keel komt doorsnijden,' sprak een huiveringwekkende stem in zijn hoofd. Zijn blik tastte het woonvertrek af. Hij moest zich ergens gaan verschuilen, maar waar? De keuken? Ja, de keuken, dat was een goed idee. Daar lagen ook de messen voor als het tot een duel kwam. Hij snelde naar het aanrecht, rukte een lade open en greep een scherp vleesmes. Met bonzend hart ging hij achter de keukendeur staan. Het geluid van de voetstappen was verdwenen, wat betekende dat de indringer nu bij de kamerdeur moest zijn. Even bleef het stil. Richter luisterde met wijd geopende ogen naar wat volgen zou en hield zijn adem in.

Plotseling werd er zacht op de deur geklopt. 'Wat is dat nou?' dacht hij 'Kloppen? Welke imbeciele inbreker klopt nu aan?' Zijn verbazing over deze anticlimax stelde hem weliswaar iets gerust, maar hij bleef zwijgzaam en alert en reageerde niet op het verzoek.

Weer werd er geklopt, maar nu harder. Het was duidelijk dat de persoon aan de andere kant wist dat hij thuis was. Kon het soms een bekende zijn? Maar hoe was die dan binnengekomen? In elk geval moest er nu iets gebeuren. Stil blijven had geen zin, meende Richter, want zijn aanwezigheid was kennelijk vastgesteld.

Geluidloos legde hij het keukenmes neer, vermande zich en liep met oplettende passen op de deur af.

'Wie is daar?' vroeg hij, trachtend een lichte beving in zijn stem te onderdrukken.

'Hoi, ik ben het, Kristien,' klonk het aan de andere kant.

'Verrek, wat moet zij hier?' dacht Richter. In een flits vloog de gedachte door hem heen dat zij zijn capriolen rond haar huis had opgemerkt en verhaal kwam halen. Wat nu? Haar laten staan, kon natuurlijk niet. Hij moest haar binnenlaten. Maar ze kwam niet zomaar, dat stond wel vast.

'Ben je daar nog?' vroeg Kristien.

'Ja, jazeker,' antwoordde Richter vlug. 'Wacht, ik zal je opendoen.'

Hij haalde het slot van de deur en opende deze met een gul handgebaar. 'Welkom in mijn nederige vesting,' sprak hij haar hartelijk toe.

Kristien lachte en liep onbevangen de woonkamer binnen.

'Laat je altijd je voordeur zomaar openstaan?' vroeg ze.

'Meen je dat nou?' antwoordde Richter. 'Ik kan me haast niet voorstellen dat ik zoiets zou doen.'

'Je hebt geluk dat ik het maar ben. Voor hetzelfde geld was alles bij je weggehaald.'

'Zeg dat wel! Ga zitten. Kan ik je wat inschenken?'

Kristien schudde haar hoofd en nam plaats in een van de twee fauteuils.

'Ik zie dat je volop aan het werk bent,' zei ze, een blik op zijn schildersjas werpend en overdreven snuivend.

'Klopt,' riep Richter, terwijl hij zich in de keuken van nieuwe drank voorzag. Hij meende dat het beter was niet te veel los te laten en vooral niet in detail te treden. Te veel weten betekende gevaar en de situatie was al zorgwekkend genoeg. Met het glas in de hand liep hij terug de kamer in en ging in de fauteuil tegenover Kristien zitten.

'Veel mensen vinden het een aangename lucht, die olieverf,' zei hij, na een slok te hebben genomen.

'Dat is het ook. Het heeft iets melancholieks, of hoe zeg je dat?'

Richter trok zijn schouders op. 'Bedoel je soms dat het bepaalde beelden of herinneringen bij je oproept?'

'Ja zoiets wel, vind je dat gek?'

'Helemaal niet, integendeel. Geur is een kostbaar bezit. Het is ons beste zintuig voor het herbeleven van een zoete herinnering.'

Kristien keek hem geboeid aan. Ze leek te horen wat ze al jaren dacht, maar nooit helder had kunnen verwoorden.

'Kijk,' verduidelijkte hij, 'een beeld wordt door onze ogen naar binnen geprojecteerd waar het wordt opgeslagen om te rijpen. Na verloop van tijd boet het weliswaar aan helderheid in, maar is er een meerwaarde aan toegevoegd. Het wordt gefilterd en gepolijst zodat de scherpe kanten en de felle kleurcontrasten eraf gaan en er een nieuwe werkelijkheid ontstaat. Zo ontstaat melancholie. Het is het weemoedig verlangen naar het oorspronkelijke, onge- repte beeld.'

'Daar heb je over nagedacht!'

Richter knikte bescheiden. 'Maar eigenlijk weet ik niet waarom ik dat zei, want met geur werkt het natuurlijk anders. Wanneer je een bekende geur uit het verleden ruikt, wordt dat verleden weer heel even tastbaar en overstijgt het de herinnering.'

'Je weet het mooi te zeggen.'

'Dank je wel,' maar laat ik je niet vermoeien met artistiek geklets. Wil je echt niets drinken?'

'Nee hoor, echt niet.'

Kristien kruiste haar benen en haalde een pakje sigaretten uit haar handtas.

Richter volgde nauwlettend haar bewegingen en schraapte zacht zijn keel. In zijn gevoelens, wist hij, woonde een bont samenraapsel van lust, liefde, afgunst en bewondering voor deze vrouw die nimmer de zijne zou zijn, maar die hij in het geheim met al zijn passie beminde. Hij hield zijn oog gericht op het ranke lichaam in de stoel tegenover hem. Als hij zou willen, kon hij haar eenvoudig overmeesteren en aan een vernederend kruisverhoor onderwerpen. 'Ik weet alles,' hoorde hij zichzelf op sidderende toon zeggen, terwijl hij haar in gedachte in een pijnlijke greep tegen de rugleuning van de stoel vastgedrukt hield. 'Alles, van die jonge knapen, van dat verborgen fotostudiootje, van je geheime kennis van de eeuwige jeugd, ja... alles. En ontken het maar niet mevrouw, want er is onweerlegbaar bewijs!'

Kristien stak elegant een sigaret op en bleef even naar het puntje van haar pump staren.

'Je vindt het toch niet erg dat ik rook?' vroeg ze ineens.

'Oh nee... nee, natuurlijk niet,' hakkelde Richter.

'Ik vergeet het altijd eerst te vragen,' lachte ze ondeugend.

'Gehaaide bliksem,' dacht Richter. 'Die kunstjes flikt ze overal. Die komt hier heus niet alleen om te roken. Daar zit meer achter.'

Ondertussen leek het onwaarschijnlijk dat Kristien iets van zijn escapades had gemerkt, want daar was ze veel te vriendelijk voor. Maar dat kon ook een andere reden hebben. Het kon ook zo zijn dat ze hem juist wél had gesignaleerd en dat ze nu, uit angst voor chantage, een schikking kwam treffen. 'Een hoffelijke overeenkomst, in harde valuta of in natura, je zegt het maar,' mompelde Richter onhoorbaar.

Al met al had de conversatie nog altijd niets opgeleverd. Het werd tijd voor duidelijkheid, besloot Richter.

'Maar nu serieus,' sprak hij ernstig. 'Wat is de reden van je komst? Ik kan me niet voorstellen dat je alleen voor de gezelligheid bij een ouwe vent van achtendertig op bezoek gaat.'

Kristien trok een verontwaardigd gezicht. 'Oude vent van achtendertig... Hoe kom je erbij dat achtendertig oud is?'

'Ach, het kan altijd jonger,' antwoordde Richter zo onverschillig mogelijk. Hij wendde zijn blik van haar af en voelde dat het gesprek de juiste kant op ging.

'Nou, ik ben zelf al veertig, hoor en mijn man is daar al ruimschoots overheen. Je bent zo oud als je je voelt,' zei Kristien.

Richter ergerde zich aan de oppervlakkigheid van haar opmerking, maar besloot de discussie voort te zetten. Het werd nu zaak om de juiste onderwerpen aan te snijden, om de waarheid achter haar geheimzinnige ontmoeting met die schandknaap boven tafel te krijgen.

'Kijk Kristien,' sprak hij zacht, terwijl hij zijn wenkbrauwen een beetje fronste en naar een denkbeeldig voorwerp achter haar staarde, 'jeugd staat voor schoonheid en schoonheid is vergankelijk. Het is een heel menselijke gewoonte om het moment van aftakeling zo lang mogelijk uit te stellen. Misschien geldt dat niet voor iedereen, maar ik kan me voorstellen dat een mooie vrouw zoals jij daar zo nu en dan bij stilstaat.'

'Oh jawel,' reageerde ze mat, zonder er verder op in te gaan. 'Maar om op je eerdere vraag terug te komen... ik kom inderdaad niet zonder reden.'

Kristiens abrupte verandering van onderwerp had op Richter een verlammend effect. Er was dus inderdaad iets gaande en dat ging zij hem nu vertellen.

'Ik had al zo'n vermoeden,' antwoordde hij voorzichtig.

'Het gaat over de opdracht,' begon ze, terwijl ze haar blik over het paneel op de ezel liet gaan. 'Ik wil graag weten hoe ver je ermee bent.'

'Ik zit op schema,' sprak Richter, want het was duidelijk dat Kristien in de veronderstelling verkeerde dat het werk al zowat klaar moest zijn.

'Mag ik het zien?' vroeg ze verrukt.

'Hmm... dat gaat nu even niet. Het is niet hier. Ik bedoel... niet hier in dit huis. Het staat in een atelier aan de andere kant van de stad.'

'Echt? Ik dacht altijd dat je alleen thuis schilderde.'

'Meestal wel, maar voor dit werk wilde ik een ruimere locatie,' huichelde hij voort met een piëteit die hem zelf verraste.

'Dat is fijn om te horen,' sprak Kristien verheugd. 'Ik ben blij dat je er zoveel werk van maakt, en dat is ook de reden van mijn komst. Het is namelijk zo dat mijn man maandag een aantal relaties op bezoek krijgt en het zou geweldig zijn als het werk dan af kon zijn.'

'Maandag?' riep Richter verschrikt.

'Inderdaad, maandag.'

'Dat is wel erg kort dag.'

'Je was er toch al ver mee, zei je?'

'Ja, dat wel, maar de afspraak was donderdag.'

'Aanvankelijk wel, dat klopt.'

Richter voelde zich dieper wegzakken in het moeras van zijn eigen leugens en vocht uit alle macht om boven te blijven.

'We hebben alle vertrouwen in je,' vervolgde Kristien. 'Het betekent echt bijzonder veel voor ons. Daarom hebben we besloten om de prijs te verdubbelen als je de opdracht maandag af hebt.'

Ze nam een laatste trek van haar sigaret en doofde deze vervolgens in de asbak op de salontafel, waarbij zij zover voorover strekte dat Richter moeiteloos haar decolleté kon zien.

'Nou, wat denk je ervan?'

'Je aanbod is heel genereus,' antwoordde Richter, 'maar het blijft erg krap voor wat betreft de tijd.'

Kristien stond op en hing haar tas om haar schouder. 'Het dubbele voor hetzelfde schilderij,' herhaalde zij nu zakelijk. 'Dat is de deal. Met jouw capaciteiten moet dat toch wel lukken, of niet?'

Richter dacht na. Die heks had hem in de tang. Als hij zou weigeren, was het duidelijk dat hij had gelogen over de fase waarin het portret zich bevond. Ondertussen keek Kristien hem strak aan. Ze leek geen 'nee' te accepteren.

'Goed dan,' zei Richter verslagen, 'we gaan ons best doen.'

'Dus maandag is het klaar?'

'Maandag is het klaar.'

Kristien stapte op hem af en legde even haar hand op zijn arm. 'Bedankt,' zei ze. 'Echt tof van je.'

Hierop pakte ze haar mantel en maakte aanstalten om te gaan vertrekken.

'Maar dan is de verf nog nat!' riep Richter, in een poging de zaak nog terug te draaien.

'Ze mogen er ook alleen maar naar kijken. Niet aankomen,' antwoordde Kristien streng. 'Maar ik moet nu gaan. Zien we je dan maandagavond?'

Richter knikte. Kristien nam afscheid, verliet de kamer en haastte zich naar beneden. Terwijl hij luisterde hoe beneden de voordeur ditmaal wél in het slot viel, staarde Richter naar de uitgedrukte sigaret waaraan Kristien zo stijlvol had gezogen. Ja, het was een vrouw die je gewoon niets kon weigeren en voor wie je God en iedereen die je liefhad in de steek zou laten. Maar haar verzoek ging toch wel erg ver en grensde aan het onmogelijke. Hoe moest dat nou? Verzaken betekende gezichtsverlies en zou haar vertrouwen in hem onherstelbaar schaden.

Hij liep naar het raam en zag Kristien haar woning binnengaan. Ze moest eens weten. Door lafheid en eerzucht had hij zich weer eens in de nesten gewerkt. Was hij dan niet mondig genoeg om haar gewoon te bekennen hoe het zat? En waarom had hij weer zo nodig de intellectuele wijsneus moeten uithangen, enkel en alleen om haar met zijn zelfbedachte theorieën te imponeren? Dacht hij nou werkelijk dat zij daar op zat te wachten? 'Van schilderen komt vanavond niets meer,' zuchtte Richter. 'Alleen Maria Magdalena kan mij nu nog troosten.' Met zijn wijsvinger tekende hij in de lucht een denkbeeldig pentagram, het symbool dat met haar in verband werd gebracht.

Inderdaad, het was maar beter om deze dag te laten voor wat hij was. Morgen ging hij wel verder. Hij reinigde zijn kwasten en palet, deed de lampen uit, ging naar bed en viel, vermoeid door de belevenissen van de dag, vrijwel direct in een diepe slaap.

Die nacht droomde Richter van een blauw voorwerp, rechthoekig en langwerpig van vorm dat hij niet goed kon thuisbrengen, maar dat iets groots en dreigends had. En om zich heen hoorde hij onverstaanbare stemmen en andere geluiden, alsof hij zich in een drukke openbare ruimte bevond. Eén stem leek zich opeens uit het geroezemoes te verheffen: een zachte, onbekende vrouwenstem die hem zei dat hij niet bang hoefde te zijn voor hetgeen dat komen zou.

6
Zaterdagochtend

De volgende morgen werd Richter vroeger wakker dan anders op zaterdagochtend, en ondanks de aanzienlijke dosis wijn van de vorige dag voelde hij zich verrassend helder en opgewekt. Had dat met die droom te maken? Hij keerde zich op zijn rug en probeerde zich de details te herinneren. Maar hoe hij ook peinsde, verder dan de vage contouren van het blauwe gevaarte en de zachte stem kwam hij niet. Die stem had hij niet kunnen plaatsen. Het was van een vrouw, dat zeker, maar over haar identiteit tastte hij volledig in het duister. Kristien was het niet geweest. De stem had een totaal andere melodie en klankkleur gehad. Even dacht Richter haar opnieuw te horen, maar voordat hij er werkelijk acht op kon slaan, was zij al weer verdwenen.

Hij wipte zijn bed uit, trok gauw een hemd en een broek aan en liep op zijn blote voeten naar de keuken om koffie te zetten. Het paneel in de woonkamer zag er door het vroege ochtendlicht lang niet zo dreigend uit als gisteravond na Kristiens vertrek. Hij kon zich er met moeite van weerhouden om zijn verrichtingen van gisteravond met een frisse blik te beoordelen. 'Eerst koffie en dan zien we wel verder,' commandeerde hij zichzelf met een zware ochtendstem.

Nog altijd verbaasde het Richter dat hij zich zo goed voelde en de eerste slokken van de hete koffie leken de helderheid van zijn geest alleen maar te versterken. Op het aanrecht stond de lege wijnfles als een tastbare herinnering aan die onstuimige vrijdagavond. Hij bracht de fles voor zijn ogen en las wat de Franse wijnboer op het etiket had vermeld: aanbevolen bij kaas en vleesgerechten. Op kamertemperatuur nuttigen. Nog zeker drie jaar te bewaren. 'Waarom zet hij er niet op dat je zijn wijn ook gewoon zo kan opzuipen?' dacht Richter. 'Drink deze wijn als u troost zoekt, desnoods zonder glas zo uit de fles, of als u zich wilt bezatten na een *debâcle d'amour*, of zoiets, weet ik veel.'

Met een flauwe grijns zette hij de fles weer op zijn plaats. 'De gustibus non est disputandum,' mompelde hij plechtig. Inderdaad, over smaak viel niet te twisten, hoewel de meeste mensen geen smaak hadden. Maar dat deed nu niet ter zake. Dit was een prima landwijn waar je geen koppijn aan overhield en die bovendien heel redelijk geprijsd was.

Voor de tweede maal schonk Richter zijn koffiemok vol en bleef naar de opstijgende damp staren tot zijn voorhoofd er warm en vochtig van werd. Hij moest nu niet te lang blijven teuten, want er was genoeg te doen vandaag. Uit de keukenla haalde hij een pen en een oude envelop om de planning van de dag te noteren.

Drank halen, ja dat moest, zeker met de zondag voor de boeg. Verder: brood en groenten en misschien – om de goede raad van die wijnboer op te volgen – nog wat Franse kaas. Voor dat brood kon hij in de stad terecht, maar die kaas en groenten moesten op de markt worden gehaald. Daarna als de gesmeerde bliksem terug naar huis en de rest van de dag aan het schilderij werken. Dat was het in grove lijnen en daar moest hij zo min mogelijk van af zien te wijken.

Richter voelde dat hij voort moest. Hoe laat was het eigenlijk? De plastic keukenklok, die iets scheef boven de deur hing, gaf kwart over negen aan. Er was nog tijd. De winkels waren nog niet allemaal open, maar op de markt waren ze zeker al een uur aan het werk. 'Eerst naar de markt dan maar,' besloot hij, waarna hij op zijn tenen ging staan om het uurwerk recht te hangen. Want als hij ergens niet tegen kon, dan waren het wel voorwerpen die scheef aan de muur hingen.

Maar hoe stond het eigenlijk met het schilderij? Richter gunde zichzelf een korte blik op het werk alvorens onder de douche te gaan. Bij daglicht leken de aangebrachte kleuren terra en oker wat minder sprekend dan Richter zich meende te herinneren. Maar dat kon ook de drank zijn, die het leven meestal wat kleurrijker deed voorkomen dan in werkelijkheid. Niettemin was hij er goed over te spreken en voelde hij zich gelukkig niet meer zo benauwd en opgelaten door de vervroegde tijdslimiet waarin de klus moest worden geklaard.

Hij voelde nog even aan de kwasten om te controleren of hij ze in alle haast wel goed had schoongemaakt en begaf zich toen naar de badkamer. 'Dat dagelijkse reinigingsproces hebben we van de vogels,' dacht Richter, terwijl hij de douchekraan opendraaide. 'Hoe komen ze er toch bij dat we van de apen afstammen? Ja, sommige primitieve volksstammen misschien, maar ik toch niet?'

Terwijl het warme water over zijn lijf stroomde, flitste het beeld van de spoedopdracht weer door zijn gedachten. Maandag moest het af zijn, want dan kreeg de notaris die 'relaties' op bezoek. En gezien het gemak waarmee Kristien het honorarium had verdubbeld, moesten die wel invloedrijk of van groot aanzien zijn. Misschien bevond zich onder die relaties wel een prins die het schilderij zo weerzinwekkend mooi vond, dat hij Richter als hofschilder in dienst wilde nemen tegen een maandloon dat hij zelf mocht bepalen. Want geld speelde bij dat koningshuis geen enkele rol. En daar zou hij schilderen als nooit tevoren en als lid van de hofhouding verre reizen maken. En uiteindelijk zou hij trouwen met een jong prinsesje dat hij op een van die reizen had ontmoet en met haar een bescheiden kasteeltje betrekken in het zuiden van Frankrijk, niet ver van bergen en zee...

Ondanks het utopische karakter van deze rêverie, had zij Richter nieuwe moed geschonken. Hij draaide de kraan dicht, stapte uit de douchecabine en wist binnen een kwartier zijn hele toilet te maken.

'Drie dingen dus,' hielp hij zichzelf herinneren. 'Groenten, wijn en brood. Ook nog kaas misschien, voor na het schilderen als voorschot op de extra beloning.' Hij stond op en liep naar de keuken voor een stevige boodschappentas. Was er wel voldoende bier in huis? Nee, goed dat hij eraan dacht. Bier moest je altijd in huis hebben, ongeacht de actuele status van de wijnvoorraad.

Nu sloot Richter de deur en liep rustig de trap af naar buiten. Het was een zonnige herfstdag. Dat was meestal wel anders op 2 november, met Allerzielen. Hij rechtte rug en schouders, snoof de frisse ochtendlucht op en zette koers naar de binnenstad.

7

Madeleine

Nadat Richter het centrum van de stad had bereikt, sloeg hij de hoofdstraat in. Hier begon het eigenlijke winkelgedeelte. Als hij nu nog even doorliep, kwam hij vanzelf op het marktplein uit.

Er was al een behoorlijke menigte op de been. In de verte hoorde hij de accordeonist die elke zaterdag op dezelfde hoek zijn weekgeld bij elkaar speelde. Telkens als Richter door deze straat wandelde, viel zijn oog op een stenen beeldje dat vanuit een gevelnisje boven een winkelpui op de menigte neerkeek. Het was een gedrongen mannetje met een olijk kopje die in zijn vuist een soort knotsje vasthield. Richter was geboeid door het kereltje en had hem al vaak van een afstandje bestudeerd. Ook nu hield hij even stil om een stille groet te brengen aan het stoere ventje, dat misschien wel de oude Gallische koning Vercingetorix voorstelde, maar te nietig van gestalte was om door het winkelende publiek te worden opgemerkt. Hij vroeg zich af hoe lang het beeldje daar nog op zijn post zou blijven, want alles wat mooi was of historische waarde had, werd tegenwoordig gewetenloos uit het stadsbeeld verwijderd of vernietigd. En dat allemaal met volledige goedkeuring van de gemeente.

Zijn gedachten stokten door een plotseling opkomende nadorst. Hij vervolgde zijn weg en kwam bij het plein waar de accordeonist intussen een musette had ingezet en de voorbijgangers vrolijk aankeek. Richter tastte in zijn jaszak, wierp een muntstuk in het koffertje dat voor de man lag en gaf hem een bemoedigend knikje. Ondanks dat de markt nu als eerste op het programma stond, werd zijn aandacht getrokken door de bakkerij tegenover het plein; een echte boulangerie-patisserie met een Franse eigenaar. 'Ach ja waarom ook niet,' dacht Richter. 'Waarom dat brood op de markt halen als het hier nog ambachtelijk wordt gebakken?'

Hij liep op de winkel af en bleef voor de etalage staan waarin brood en banket als ware kunstwerken lagen uitgestald. Het was een fleurig gezicht, met macarons, taartjes, vlaaien en andere lekkernijen die Richter nooit voor zichzelf in huis zou halen. Hij glimlachte uit bewondering voor het speelse samenraapsel en wierp een blik de winkel in. Achter de toonbank stonden een oudere vrouw en twee meisjes te helpen. Hij keek nog eens goed. Dat ene meisje dat... dat... Het duurde even voordat haar verschijning volledig tot zijn bewustzijn doordrong. Maar toen ineens kronkelde vanuit zijn maag een warme gloed omhoog die in zijn keel strandde.

'God nog aan toe,' fluisterde Richter, terwijl hij zijn hartslag voelde versnellen. Daar stond een engel in mensenkleren, met kastanjebruin haar dat in wellustige lokken over haar schouders golfde. En wat een lief gezicht zat eronder, wat een gulzige mond en wat een heldere ogen, waarin een stille weemoed leek te liggen. Richter kon zijn blik niet van haar afwenden. 'Helemaal mijn type,' zuchtte hij, 'die móet ik hebben...'

Als door een onzichtbare hand voortgeduwd, liep hij naar binnen en mengde zich tussen de klanten. Daar stond ze, met haar gezicht naar het broodrek gekeerd. 'Draai je om, in godsnaam,' dacht hij, terwijl hij het gevoel kreeg dat de andere klanten langzaam hun blik op hem begonnen te vestigden.

Eindelijk had ze het brood gepakt en kon Richter opnieuw haar gezicht zien. Hij huiverde. Inderdaad, wat een schoonheid was het. Die ogen, dat haar, dat lijf... Zo zag je maar eens in de tien jaar, en dan meestal alleen in de bioscoop of in de trein. En altijd net te laat om voldoende moed te kunnen verzamelen voor een gekunsteld kletspraatje.

Het meisje rekende met haar klant af en verdween naar achteren. 'Ze komt zo terug,' hield Richter zich voor, terwijl hij opzij keek naar de klanten die vóór hem stonden te wachten: een ouwe kerel en twee dames die ook al behoorlijk bejaard waren. Eén ding was zeker, in dit antieke gezelschap moest het meisje hem – al was het maar voor een seconde – hebben opgemerkt vanwege zijn jongere leeftijd. Met een beetje geluk kwam ze net terug op het moment dat hij aan de beurt was. Maar dan? Haastig probeerde Richter een origineel scenario te bedenken, maar hij kwam niet tot scheppende gedachten. Misschien moest hij gewoon op zijn gevoel vertrouwen en hopen dat hij ondanks alles een rustige indruk zou wekken.

Ondertussen was ze nog steeds niet terug en werden de oude man en één van de twee dames al geholpen. 'Het zal me toch niet gebeuren,' sprak hij binnensmonds. Nauwlettend hield hij de doorgang naar achteren in de gaten en merkte dat hij steeds onzekerder werd.

'Wie was er dan?' vroeg de oudste verkoopster ineens, de oude man gedag zwaaiend. 'Mevrouw, u was eerst, toch?'

'Ja,' antwoordde de dame, 'maar ik wil graag nog even bij het gebak kijken. Helpt u die meneer maar vast even.'

Het was alsof er een steen op Richters hart viel. Hij wierp nogmaals een blik naar de opening die naar het achterliggende vertrek leidde, maar zag nog altijd geen beweging. Was alles dan nu voorbij?

'Meneer?' De vrouw achter de toonbank keek hem recht aan.

'Uh, een stokbrood dan maar en ook een half ons chalets,' zei Richter verward.

De vrouw fronste haar wenkbrauwen. 'U wilt *galettes charentaises*, neem ik aan?'

'Ja. En een stokbrood.'

'En hoeveel *galettes charentaises* had u precies gewild?' vroeg ze korzelig.

'Een half pond. Had ik dat al niet gezegd?'

Zonder iets terug te zeggen maakte de vrouw de bestelling in orde en sloeg het verschuldigde bedrag aan op de kassa. Het aanbeden meisje was niet meer teruggekeerd. Richter rekende af en verliet de winkel. Het was nog even wandelen naar de markt, maar dat hinderde hem niet. Dat was nu bijzaak, zoals alles in het leven nu bijzaak leek. Waar het om ging was dat er, ondanks de onvriendelijke houding van de bakkersvrouw, daar in die boulangerie iets bijzonders in hem had plaatsgevonden. Iets ingrijpends, onverklaarbaars en onwaarschijnlijks. Die kortstondige aanblik van dat meisje was voldoende geweest om haar beeld voor eeuwig in zijn hart te branden. Nooit zou het leven meer hetzelfde zijn.

'Een naam,' dacht Richter plotseling. 'Wat is haar naam?' Zoals getallen en weekdagen volgens hem een kleur hadden – de zaterdag was bijvoorbeeld geel, evenals het getal veertien – zo moest ieder mens of dier een naam hebben. Met een ernstig gezicht liep hij door, terwijl de gedachte aan een naam voor zijn nog onbekende geliefde hem niet meer losliet.

Nog voordat hij bij de markt was aangekomen, diende zich een ingeving aan die niet zonder betekenis was en naar een mysterieus samenspel verwees. 'Madeleine,' fluisterde Richter. 'Madeleine, ja zo heet ze, net als de moeder van de Graal in wie al de goddelijke deugden en wereldlijke zonden verenigd zijn.'

Hij voelde een felle hartstocht door zijn aderen stromen en ook een groeiende hoop dat zijn eigen, altijd aanwezige strijd tussen uitersten, door haar tot verzoening kon worden gebracht.

Madeleine, wat een vondst! Een betere naam had hij niet kunnen bedenken. Het was de Franse benaming voor Magdalena en het meisje werkte tenslotte in een bakkerij met een Franse eigenaar... en ze had het haar en het lijf van een heilige... maar ook iets van een martelares... iets Joods ook... maar bovenal... dat onweerstaanbare... die fatale schoonheid. Waren het haar smekende ogen geweest? Wellicht, maar dat niet alleen. 'Eigenlijk weet ik het niet meer,' zuchtte Richter, 'het wordt me allemaal te machtig, geloof ik.'

Maar die naam die was dik in orde, dat stond vast. Moest hij niet 'teruggaan? Misschien stond ze inmiddels wel weer volop broodjes, taartjes en croissantjes te verkopen en kon hij door de winkelruit weer even een glimp van haar gezicht opvangen. 'Misschien heeft ze pauze en duurt het langer,' dacht Richter. Hij keek op zijn horloge om de waarschijnlijkheid van deze mogelijkheid te beoordelen. Bijna kwart voor elf. Voor winkelpersoneel geen gebruikelijk tijdstip om te pauzeren. Bakkers ja, die begonnen vroeg, maar verkoopstertjes mochten meestal nog wat langer in hun warme bedje blijven liggen. Richter gokte dat Madeleine – want zo heette zij nu definitief – om half negen was begonnen en door zou werken tot de winkel om vijf uur vanmiddag zou sluiten. Dat betekende acht en een half uur aanwezig. Twee maal vier uur arbeid en een halfuurtje onderbreking. Aldus zou haar optreden in het eerste bedrijf tot half één duren en had hij nog ruim anderhalf uur alvorens Madeleine zich tijdelijk terug zou trekken om haar eigen, van huis meegebrachte broodjes op te eten die haar zorgzame moeder voor haar had gesmeerd, lang voor het moment dat haar dochter op haar fietsje naar de bakkerij was gegaan. 'Ze woont nog gewoon thuis,' dacht Richter, 'want ze is nog jong, misschien nog maar zeventien jaar, en bij zo'n lieve moeder ga je niet zo gauw weg.' Er was dus nog voldoende tijd om eerst het oorspronkelijke programma af te werken.

Richter versnelde zijn pas die door al dat gepeins tot een sukkelig tempo was afgezakt en bereikte binnen enkele minuten het marktplein. De groenteman, die altijd met oorverdovend gebrul zijn citrusvruchten aanprees, was vandaag opmerkelijk kalm. Richter bestelde vlug een krop sla, een zakje witlof en wat appels voordat de man weer in zijn vertrouwde rol zou vervallen.

Op de drank na was nu alles ingeslagen. Of was er nog iets? Richter meende zich te herinneren dat hij naast brood, groenten en drank nog een vierde boodschap op het lijstje had genoteerd. Waar was dat lijstje eigenlijk? Hij voelde in zijn zakken maar kon niets vinden. Die lijst lag zeker nog ergens op het aanrecht. 'Het zal ook eens meezitten,' dacht hij en liep rap door tot er ineens een bekende geur opsteeg: kaas, hij rook kaas... precies, dat ontbrak nog... het kaasplateau om de dubbele beloning alvast te vieren. Langres of Cantal, of misschien allebei? Ach, de beloning was er naar. Twee stukken dan maar en ook nog wat geitenkaas uit Sainte-Maure om het feest compleet te maken. De kaasboer had nog weinig klandizie, zodat de bestelling vlug in orde was.

Tevreden over het vlotte verloop van het marktbezoek, begaf Richter zich nu naar de slijterij. Hij nam een ijzeren mandje en liep recht op de wijnrekken achter in de zaak af. Er stond een klein jongetje van een jaar of vier met een ontevreden smoel te kijken naar de wijncollectie. 'Nergens aankomen hoor, anders wordt die meneer achter de kassa boos,' klonk het van achter een houten vat, waarop afgeprijsde flessen met gedestilleerde inhoud stonden uitgestald. Richter draaide zich om en zag de moeder van het ventje; een slonzige dertiger, die haar gezicht inmiddels al weer van zoonlief had afgewend om de actie te bekijken. 'Kijk, daar hebben we weer zo'n slappe tuthola,' bromde Richter. 'Een schoolvoorbeeld van het hedendaagse onvermogen om zo'n koter eigenhandig op te voeden.'

Ondertussen negeerde het ventje het gebod volledig en was hij al bezig om een fles uit het onderste vak te trekken. 'Daar komt later niet veel van terecht,' dacht Richter. Matige cijfers op school, foute vriendjes, exorbitante gedragspatronen, overmatige masturbatie en al op zijn veertiende aan de drugs, dat was het onvermijdelijke lot dat dit knaapje beschoren was. 'Dat komt er nou van,' mompelde Richter hoorbaar. Hij haalde een rode Pinotage uit de stelling en bestudeerde het etiket. Het jochie keek voorzichtig omhoog en bezag hem met een schuwe blik. Richter deed alsof hij niets merkte en liet zich langzaam door zijn knieën zakken, alsof hij een lager gelegen wijnsoort wilde pakken.

Toen hij op gelijke hoogte met hem was, draaide hij plotseling zijn gezicht naar het jongetje toe en keek hem streng aan. 'En nu als de sodemieter terug naar je moeder, druiloor,' siste hij tussen zijn tanden hij. Het kind trok wit weg en vloog als een haas naar zijn moeder. 'Ziezo, die doet dat niet gauw weer,' stelde Richter tevreden vast. 'Eigenlijk zou ik een hele goede vader zijn.'

De vrouw leek niet te merken wat er aan de hand was. 'Tjongejonge, wat kun jij hard rennen zeg!' riep ze tegen haar zoontje dat in zijn paniekerige gehol bijna een met bierflesjes opgemaakt kruiwagentje ramde. 'Jij bent een echte kampioen!'

Richter schudde zijn hoofd en besloot om nu snel een keuze te maken. Die Zuid-Afrikaanse Pinotage was niet verkeerd en bovendien billijk geprijsd. Hoeveel moest hij meenemen? Twee was te weinig en drie misschien ook. Misschien ook niet, maar als het wel zo was, dan kon je op zondag niet even snel terug om er nog wat bij te halen. Wie weet kwam er opnieuw ongewenst bezoek, je wist het nooit en áls dat gebeurde, kon je er vergif op innemen dat men juist datgene wilde drinken waarvan je net genoeg voor jezelf had ingeslagen.

Goed, vier dan voor de zekerheid, want vijf was wel wat overdreven en zowel uit praktische als ethische overwegingen niet verstandig. Tenslotte moest alles met de hand vervoerd worden en – ja, dat was inderdaad heel slim gedacht – moest hij nog naar de bakkerij voor het weerzien met Madeleine. En dan kon hij het niet maken om met een tas vol rammelende drankflessen te komen aankakken.

Maar er was nog iets. Er moest ook bier komen. Want bier moest je altijd in huis hebben, al was het maar om aan te bieden aan ongenode bezoekers, onder het voorwendsel 'dat de wijn helaas op was'. 'Maar dan wel blikjes,' besloot Richter. 'Die rammelen tenminste niet.'

Hij legde alles in het mandje en liep naar de kassa. 'Vier maal wijn en zes blikjes,' telde de slijter, alsof hij een uit het hoofd geleerd versje opdreunde. 'Dat is dan zesentwintig tachtig.'

'Tasje d'r bij?' Richter knikte. Een extra plastic tas was nodig omdat zijn canvas boodschappentas inmiddels geen ruimte meer bood voor alle drank. Nog beter was het om de groenten, de kaas en het brood dan in die plastic tas te doen en de drank in de sterke tas te vervoeren.

Richter nam het plastic tasje aan en begon de boodschappen over te pakken. 'Dat biedt betere bescherming,' legde hij uit. 'Kunt u die flessen misschien in extra papier wikkelen?'

'Dat kan,' zei de man droog. 'Je kunt niet voorzichtig genoeg zijn.'

'Tegenwoordig wel,' lulde Richter maar mee, terwijl hij zag hoe de drankhandelaar op zijn dooie gemak de flessen één voor één inpakte.

Voorzichtig zette hij de blikjes en de flessen in de leeg gemaakte canvastas en overhandigde deze aan Richter

'Nou, bedankt maar weer en een prettig weekend.'

'Van hetzelfde,' zei Richter. En terwijl hij met beide tassen naar de uitgang wandelde, hoorde hij achter zich een kort angstkreetje, gevolgd door de doffe knal van een kapot vallende bierfles.

'Ach wat doe je nou dan, gekkie. Heb je je zeer gedaan?' sprak de vrouwenstem. De slijter bromde iets onverstaanbaars, schraapte zijn keel en stapte zuchtend op het plaats delict af.

'Er is er hier één te veel,' dacht Richter en hij stapte onmiddellijk naar buiten.

8

Intermezzo II

'Het gratis verstrekken van heroïne en andere rotzooi is hier heel gewoon, maar gratis drank ho maar,' sprak Richter tegen zichzelf, al besefte hij dat zijn, door dat nare jongetje veroorzaakte klaagzang bij de landelijke politiek nimmer gehoor zou vinden. 'De arbeider betaalt, of hij wil of niet,' bromde hij en stapte met grote passen richting de bakkerij.

Het weer had nog steeds een aangename frisheid en Richter hield het erop dat dat de reden van zijn goede gemoedstoestand was. Want zelfs in de stad kon van de natuur een verkwikkende werking uitgaan. Het was dezelfde weg, maar nu in omgekeerde richting die hij bewandelde en hij merkte dat het intussen een stuk drukker was geworden. Hoe laat was het nu? In de verte liet een groot uurwerk boven het voorportaal van een juwelier zien dat het vijf over half twaalf was. 'Nog een klein uur over,' dacht Richter. Oplettend luisterde hij of de wijnflessen geen bevreemding wekkende geluiden maakten. Het viel mee. De slijter had zijn werk naar behoren gedaan, zodat hij straks de bakkerszaak kon binnengaan zonder dat onvoorzien gerinkel de komst van een notoire zuipschuit aankondigde. Dat mocht absoluut niet gebeuren. Dat zou dodelijk zijn.

Er was dus niets aan de hand. Die flessen lagen goed, er was nog tijd en hij zag er goed verzorgd uit. Hij passeerde een flauwe bocht in de winkelstraat en zag in de verte het blauw-wit-rode uithangbord van de boulangerie, met daarop een afbeelding van een vrolijk kijkende Fransoos die in beide handen een stokbrood vasthield. 'Als het aan hem ligt gaat er helemaal niemand meer dood,' mompelde Richter. 'Leuke kop, dat wel, maar wat heb je aan zo iemand? Er lopen al zo veel vrolijke mensen rond.'

Hij was nu bij de winkel gekomen en liep meteen door naar binnen. Er stonden meer klanten dan een uur geleden. Zijn blik tastte het vertrek af, maar van Madeleine was geen spoor te bekennen. Geen nood, hij moest gewoon even geduld hebben. Zo dadelijk zou zijn lief vanachter de coulisse heus wel weer ten tonele verschijnen en zou hij proberen zo dicht mogelijk bij haar te gaan staan om haar engelenstem te horen spreken en haar wonderschone ogen onder het lange krullende haar te kunnen aanschouwen. En dan moest hij het zo zien uit te kienen dat hij door haar werd geholpen om vervolgens een luchtig gesprekje met haar aan te knopen. Geen 'goed gesprek' want dat leidde tot niets en had meestal een averechts gevolg. Gewoon een 'spontaan praatje' en niet betrekking hebbend op die fraaie etalage of een dergelijk clichématig onderwerp. Op zich hoefde dat geen probleem te zijn. Hij had in zijn leven al voor hetere vuren gestaan, maar toch kon het zomaar gebeuren dat bij het verschijnen van het meisje de kaarten plotseling anders lagen en hij zou worden overmand door schaamte of verlegenheid.

Richter loerde nog eens naar achteren maar zag nog niets. Mankeerde er soms iets aan zijn berekende dagindeling of speelde er iets anders? Er bestonden vieze ouwe mannen die 's avonds van moeder de vrouw hachee te vreten kregen, 's nachts harde winden lieten en overdag in een manchester broek rochelend door de stad banjerden, geilend op jonge meiden die zij grijnzend allerlei oneerbare voorstellen toeriepen. De meeste grieten waren daar wel tegen opgewassen maar sommigen ook niet. Kon het zo zijn dat juist die arme Madeleine het slachtoffer was geworden van zo'n gore vent en dat zij nu helemaal overstuur achter in het keukentje van de bakkerij zat te huilen?

Het ontroerende beeld van de wenende Madeleine ontstelde Richter, hoewel die gedachte tegelijk iets heroïsch had en direct verwees naar een van de meest aangrijpende passages uit het evangelie. 'Of het nu onder het kruis is of ergens anders... maar ik zal je troosten, zo lang ik leef,' fluisterde hij zacht en hij voelde dat hij moest oppassen om niet emotioneel te raken. Dan zou zijn plan gegarandeerd in de soep lopen. Hij moest alert blijven en zich geen rare dingen in zijn hoofd halen. Dat ze nu weer achter was, dat was gewoon toeval. Hij schuifelde iets naar voren. Het akelige mens dat hem tijdens zijn eerste bezoek had geholpen, stond nog steeds achter de toonbank en werkte in rap tempo de bestellingen af.

Het leek erop dat ook het andere verkoopstertje van vanochtend inmiddels uit beeld was verdwenen. 'Het zal toch niet wéér gebeuren dat die tang roet in het eten gooit,' dacht Richter en hij maakte zich uit voorzorg op voor de volgende tegenvaller. Madeleine moest nu toch wel een beetje opschieten, want vroeg of laat was hij aan de beurt en gezien de vaart die het oude mens erin had zou dat niet lang meer duren.

Wat moest hij doen? Natuurlijk, hij kon weglopen. Maar gesteld dat hij het pand ongemerkt kon verlaten, dan bleef hij waarschijnlijk de verdere dag en ook morgen met een diep spijtgevoel rondlopen. Want je zou natuurlijk net zien dat juist op het moment van weggaan, Madeleine buiten zijn gezichtsveld de winkel weer was binnengekomen om moeder overste te assisteren. De kans was misschien gering, maar ook niet uitgesloten.

Er kwamen nieuwe klanten binnen. Nog altijd was Madeleine afwezig. 'Laat als het dan echt niet anders kan, dat andere meisje dan maar komen,' dacht Richter. Hij streek door zijn haar en wachtte lijdzaam het verdere verloop af.

Het duurde niet lang of de bakkersvrouw had haar blik tot hem gericht, waarna ze hem een moment achterdochtig opnam.

'Toch nog wat nodig?'

Richter besefte dat er geen ontkomen meer aan was en besloot maar iets te kopen om van het gezeur af te zijn.

'Ja, toch graag nog een stokbrood erbij.'

De vrouw toog aan het werk. Moest hij haar vragen waar Madeleine zich bevond of ging dat te ver? Eigenlijk was hij al blij dat ze hem überhaupt te woord stond, want erg van harte ging het allemaal niet. En wat moest hij zeggen? Hij kende Madeleine's werkelijke naam niet eens, alhoewel hij zich nauwelijks nog kon voorstellen dat ze anders heette.

'Anders nog iets?' vroeg het mens pinnig. Ze keek Richter strak aan en zag dat hij twijfelde. Nog steeds kon Madeleine plotseling binnenkomen, dus elke seconde tijdrekken was meegenomen.

'Nog wat *galettes charentaises* erbij, of hoe noemde u die ook al weer?' ging ze grijnzend verder.

Richter schrok van haar sarcasme en haar geslepen handelsgeest.

'Ja, doet u maar,' sprak hij overdonderd.

'Weer een half pond?'

Richter knikte verslagen. Het loeder had hem voor de tweede maal te grazen. Stennis maken over haar gedrag had geen zin, want hij zou Madeleine er niet door te zien krijgen. Waarschijnlijk was hij niet opgewassen tegen deze vorm van hekserij. Hij rekende af, deed het stokbrood en de koekjes in de plastic tas en liep verward de zaak uit. Even verderop, uit het zicht van de vrouw, hield hij stil. 'Daar staan we dan,' sprak hij zichzelf op verwijtende toon toe. 'Zwaar bepakt en toch met lege handen.' Wat moest hij als man alleen met twee stokbroden en vijf ons koekjes? Opnieuw drong er zich een verheven vergelijking aan hem op: waren die aantallen niet precies gelijk aan wat Onze-Lieve-Heer de menigte tijdens die wonderbaarlijke spijziging had voorgezet? *'Want zij aten en allen werden verzadigd en het overschot der brokken werd door hen opgeraapt: twaalf manden vol.'*

Maar ja, dat oude kunstje zou hem niet lukken. Zeker nu niet en het was maar de vraag wie zich nog voor zo'n experiment zou lenen. Asielzoekers of langdurig werkelozen hoefde je niet te vragen, want die deden het er niet meer voor. En gelijk hadden ze, want waarom zou je je nog inspannen als de regering je sowieso van alle gemakken voorzag, compleet met zakgeld en al?

Richter overwoog naar huis terug te gaan, maar zijn nog altijd aanwezige nadorst en de opkomende behoefte aan afleiding en gezelschap brachten hem aan het twijfelen. Hij nam beide tassen, die hij even op de grond had gezet weer in de hand en probeerde een beslissing te nemen. Hij kon nu naar de kroeg gaan en even iets gebruiken. Zoiets hoefde heus geen uren te duren. Madeleine zou hij vandaag wel niet meer zien, want het zou volstrekt belachelijk zijn om voor de derde maal terug te gaan naar die bakkerij. Tenzij hij gewoon brutaal binnen zou stappen om tegen die heks te zeggen: 'Luister jij, hier heb je die fijne rotzooi van je terug en vertel me nou maar eens gauw waar die mooie meid uithangt voor wie ik verdomme al twee keer voor lul naar binnen ben gelopen.' Sommige mannen durfden dat gewoon te zeggen, zonder te verblikken of te verblozen, en meestal nog met het gewenste resultaat ook, maar Richter kon zich daar niet toe bewegen. En erg beschaafd was het natuurlijk evenmin, moest hij toegeven. Hij besloot zichzelf maar een verzetje te gunnen en zette koers naar het café.

'Ik kan altijd maandag teruggaan om te kijken,' dacht hij. 'Even snel na het werk.' Misschien was Madeleine wel helemaal geen weekendkracht en stond ze dan gewoon te helpen. Die gedachte was weliswaar positief, maar er schuilde een beduidend minder leuke gedachte achter: als hij haar pas maandag weer zou zien, dan betekende dat wel dat hij haar pas weer zag als het schilderij al bijna klaar was. En zo ver was het nog lang niet. De maandag was nog heel ver weg, hoewel dat voor de opdracht goed uitkwam. Het was zelfs pas volgende week, want volgens Richter was maandag de eerste dag van de week. Daarin verschilde hij van veel andersdenkenden die ervan overtuigd waren dat zondag de eerste dag was. 'God schiep de wereld en rustte uit op de zevende dag,' overdacht Richter nogmaals. 'Dus als zondag de rustdag is, dan moet Hij de maandag daarvoor zijn begonnen, anders kom je niet uit. Tenzij Hij met een rustdag begon en de week toen geen zeven dagen telde. Maar dan kom je weer in de knoop met de Gregoriaanse kalender, want wanneer werd het dan wél zeven dagen? En om zo'n grootschalige onderneming met een rustdag te beginnen, dat doet natuurlijk niemand die goed bij z'n verstand is.'

Deze overdenking bracht geen helderheid in het vraagstuk, maar wat deed dat er eigenlijk toe? De schepping was, ongeacht de dag waarop ermee was begonnen, een onbetwist kunststukje. Dat zag je maar aan Madeleine...

Hij stak de weg over. De zware tassen begonnen hem nu te vermoeien. Goddank was het nog maar een klein stukje lopen tot aan het café dat hij goed kende, maar waar hij al zeker twee jaar niet meer geweest was.

Toen hij binnenkwam liep hij meteen door naar de bar. Hij liet de tassen zakken en bestelde een groot glas bier. Het was druk, zeker voor het moment van de dag. Richter raadpleegde zijn horloge en zag dat het al bijna half één was. Had ze dan nu pauze? Dat was ondanks het volledig mislopen van zijn missie natuurlijk nog steeds mogelijk. Maar misschien was het beter om de zaak voorlopig te laten rusten. 'Maandag zien we wel weer verder,' besloot hij en dronk van het bier dat de kroegbaas hem had voorgezet.

Iets verderop stond een schriel ventje met snerpende stem tegen een van de stamgasten een sterk verhaal op te hangen over een postpakketje waarin hij met zijn makkers een drol en wat palingvellen had gedaan en dat hij, voorzien van het adres van de burgemeester, bij zijn bejaarde buurvrouw voor de deur had gelegd. Uit moreel plichtsbesef had het oude mens het doosje netjes op het gemeentehuis afgeleverd en gelijk haar naam en adres achtergelaten, want je wist maar nooit of het college van B&W zo'n weldaad zou honoreren. Maar in plaats van een beloning had ze de grootste heibel gekregen en het had weinig gescheeld of ze was haar huis uitgezet. Uiteindelijk moest de politie erbij komen om de zaak te sussen. Nog dagenlang hadden ze er de grootste lol om gehad.

'Daar geloof ik dus geen ene moer van!' riep een vadsige kerel met dikke oren, die het gesprek had gevolgd. Het magere ventje negeerde hem volledig en vervolgde zijn monoloog, tot onvrede van de criticus die zich hierdoor geen houding wist te geven en geërgerd om zich heen keek. Zijn blik bleef rusten op Richter die juist zijn glas leegdronk. De man leek hem te herkennen en kneep zijn ogen toe om hem beter in het vizier te krijgen.

'Zeg,' sprak hij met een verachtelijk lachje, 'ben jij geen schilder? Een hoe heet dat, kunstschilder toch, of zoiets?'

Richter bezag hem met een nuchtere blik. 'Klopt,' antwoordde hij en wendde zijn gezicht weer van hem af. Mooier was geweest om te antwoorden 'ge zegt het', maar zo'n sacraal zinsverband kon in dit oord tot vervelende misverstanden leiden.

'Wat heb je daar nou an?' ging de man door. 'Wat heb je nou aan zo'n schilderij.' Hij was er kennelijk op uit een discussie uit te lokken.

'Niets,' zei Richter onmiddellijk terug, 'daar heb je helemaal gelijk in. En dat is maar goed ook, want de zin van ons bestaan ligt besloten in de toegevoegde waarde van het nutteloze.'

Ziezo, die zat. Eindelijk kwam het eens mooi van pas dat hij een thuis bedachte theorie publiekelijk kon afvuren. En dat die vent er waarschijnlijk geen bal van begreep was daarbij een aardige toegift.

'Kunstzinnig gelul,' merkte de man op. Hij draaide zich om en gebaarde naar de barman dat Richter niet goed wijs was. Deze gaf hem een begrijpend knikje en knipoogde vervolgens naar Richter, met het doel om de vrede in de tent te bewaren. Hij zette gauw een cd op en even later klonk de stem van Jacques Brel door het lokaal.

'Knokke 1963,' riep hij opgewonden, maar niemand reageerde.

'Het jaar van het Grand Gala du Disque,' antwoordde Richter min of meer uit mededogen met de eenzame enthousiasteling. 'Toen Bomans die arme Françoise Hardy zo te kakken zette. En met Marlène Dietrich, die zich ook al geen raad wist met die man.'

'Ja, ja precies!' riep de kastelein. Hij glunderde alsof hij eindelijk een lang gezochte zielsverwant had gevonden. 'Dat jij dat weet zeg, zo'n jonge vent!'

'Tja,' zuchtte Richter, want het viel niet mee om daar zonder aanmatiging iets op te zeggen. 'Sommige dingen worden wel eens op tv herhaald en blijven je dan bij.'

De kastelein knikte en zette de muziek een streepje harder.

'Allemaal live gezongen,' voegde hij eraan toe. Hij tapte een nieuw pilsje en ging fluitend de glazen spoelen.

Richter had een brede muzieksmaak. Hij hield van klassiek en van 'americana', een genre dat door de jongere garde werd afgedaan als 'ouwe lullen muziek'. Maar ook waardeerde hij Brel, de onbetwiste meester van het Franse chanson die in deze kroeg tevergeefs voor erkenning vocht. Kwam dat door Richters voorliefde voor het Frans? Waarschijnlijk wel, want dat was een zeer mooie taal. Vooral als een vrouw Frans sprak. Dan hoefde ze eigenlijk niet eens knap te zijn. Dan waren die vloeiende, zangerige woorden al voldoende om hem te laten duizelen.

Maar taal was niet het enige. Al met al verschilde men in Frankrijk toch behoorlijk van hier. Die Fransen hoefden niet zo nodig een eengezinswoning met dakkapel in een kindvriendelijke nieuwbouwwijk met verkeersdrempels die je schokbrekers naar de donder hielpen, parkeerhaventje voor de deur, tuin op het zuiden, doorzonwoonkamer met aan de voorzijde vrij uitzicht op een grasveld, annex kinderspeeltuin, met daarin een banaal bord dat erop wees dat honden er niet mochten kakken, een belendend veldje waar dat juist wel geoorloofd was en een satellietschotel op het dak, waarmee zenders konden worden opgevangen uit landen waarvan die huiseigenaren het bestaan vaak niet eens kenden.

Er werd ineens luid gebeld. Iemand aan de bar gaf een rondje weg en er ging een vrolijk gelach op. Richter overwoog om de consumptie aan te nemen, maar besloot er toch maar van af te zien. 'Als ik hier nog langer blijf, kunnen ze me dadelijk lazarus naar huis dragen,' dacht hij, 'en wat kopen we daar voor?' Dronkenschap was op dit moment wel het laatste dat hij kon gebruiken met al het werk dat nog voor hem lag. Morgenavond moest het af, geen halve dag later. Dat was de limiet die hij had geaccepteerd en die hij hoe dan ook moest zien te realiseren, al kon dat betekenen dat hij misschien wel tot diep in de nacht moest doorwerken.

Voor het eerst voelde Richter een vage angst dat de resterende tijd wel eens niet voldoende kon zijn, waardoor die hele opdracht op een groot debacle uit zou lopen. 'Als ze hier eens wisten wat ik doormaak dan lachten ze niet zo hard meer,' mijmerde hij. Falen voor het aangezicht van Kristien was zo'n beetje de diepste vernedering die hem kon overkomen en die koste wat kost voorkomen moest worden. Wat moest zij met een vent die verzaakte zijn beloften na te komen? Helemaal niets toch? Dan had ze beter één van die zestienjarige knapen kunnen nemen, want die verzaakten nooit. Die stonden altijd voor haar klaar, al was het midden in de nacht. En zou hij, Richter, met zijn dertig jaar, niet kunnen volbrengen wat zo'n puberale dreumes wel moeiteloos voor elkaar kreeg? Dat zou toch wel te gek voor woorden zijn. 'Het komt gereed, Kristientje,' fluisterde hij in gedachte. 'Voor maandagavond zul je het hebben.'

Maar dan moest hij nu wel opschieten, want met opjuttende gedachten alleen kwam hij niet verder. En ook wat frisse buitenlucht kon geen kwaad na een tijdje in het café te hebben gehangen. Moest hij op de terugweg niet door het stadspark lopen? In afstand verschilde dat niet noemenswaardig veel en wellicht deed hij daar nog wat inspiratie op ook. Hij tastte bij zijn voeten naar de twee boodschappentassen en hoorde dat Brel inmiddels in het Nederlands was gaan zingen. Dat was een teken om op te stappen, want hoe veel Richter ook van Brel hield, zijn bewondering kende wel grenzen.

9
De aankondiging

In het stadspark had de gemeentelijke schoonheidscommissie midden op een groot grasveld een hedendaags kunstwerk van aanzienlijke afmeting laten plaatsen. Het was door een jonge 'veelbelovende' kunstenaar vervaardigd en vormde door de zonderlinge vormen en de rode en blauwe kleuren een schreeuwend contrast met de omgeving.

'Waarschijnlijk is dat ook precies de bedoeling van de ontwerper geweest,' dacht Richter, toen hij op een bankje plaatsnam om even de stilte en rust van het park in zich op te nemen. Het bonte gevaarte stond er al weer een tijdje en volgens de berichten in de krant had de kunstenaar bij de onthulling zijn creatie uitvoerig toegelicht en er een aardige cent aan overgehouden. Het was een project geweest in het kader van de 'Bevordering der Vrije Expressie', meende Richter zich te herinneren. 'Maar voorlopig zitten we er mee,' dacht hij. En waarvoor diende het? Je kon er je hond zijn behoefte tegenaan laten doen, maar dan liep je het risico door een patrouillerende agent te worden bekeurd. Tenzij die hond was aangelijnd, want dan golden er waarschijnlijk weer andere wetten. Je wist het hier maar nooit. Tegenwoordig was alles zo ingewikkeld dat je niet meer wist wat je doen of laten mocht. 'Maar in de kunst kun je doen wat je wilt,' zuchtte Richter.

Bestond er eigenlijk nog echte kunst? Dat was een moeilijke vraag, omdat die een definitie van kunst vereiste, en die had Richter nog altijd niet gevonden. Echte liefhebbers waren er nog wel. Vooral onder Chinezen en Japanners, die zich met honderden tegelijk voor de glazen piramide bij het Louvre uit een touringcar lieten gooien, om met de vernuftigste fototoestellen, filmcamera's en veel te grote brilmonturen naar de Mona Lisa en de Venus van Milo te hollen. In grenzeloze aanbidding vergaapten ze zich dan aan dat kuise grijnsje, omdat het zo beroemd was en tot de elementaire werken van de Europese kunstgeschiedenis behoorde. Wilde je erbij horen dan moest je haar een keer gezien hebben. En als ze na een halfuur staren weer een beetje waren bijgekomen, dan volgde altijd het onvermijdelijke ritueel dat elke Chinees of Japanner als de ultieme climax ervoer: samen met het beroemde werk op de foto. De vraag: 'You please make picture?' was misschien wel de meest gestelde vraag die de afgelopen vijftig jaar binnen de museummuren had geklonken. Als de persoon bij wie het verzoek was gedaan daar dan mee had ingestemd, koos de Chinees zorgvuldig zijn positie, ging er vervolgens als een uitgezakte houten Klaas bijstaan, trok een volmaakt imbeciel smoelwerk en verkneukelde hij zich al om de jaloerse blikken waarmee de familie in China de foto later zou bekijken.

Er verscheen een sarcastisch lachje op Richters gezicht. Hij herinnerde zich een voorval van jaren geleden, toen een opgewonden Japanner met een ouderwetse analoge camera hem een soortgelijk verzoek had gedaan. Die wilde maar wat graag met 'Le Penseur' van Rodin worden vereeuwigd. Richter had de missie aanvaard en, nadat hij zelf op een bankje had plaatsgenomen, de man een aantal malen van positie laten wisselen onder het voorwendsel dat de compositie nog niet helemaal in orde was. Uiteindelijk had hij gezegd: 'Yes, this is it. Perfect. Now stay right where you are and don't move.' De Japanner, vermoedelijk in de veronderstelling per toeval een professionele fotograaf aan de haak te hebben geslagen, had gespannen het moment afgewacht waarop de foto werd geschoten. Terwijl hij daar met ingehouden adem stond, had Richter nogmaals waarschuwend 'Mind, don't move' geroepen en rustig ingezoomd op de neusgaten van zijn model. Klik... klak en klaar was de foto. 'Your family will be very proud of you,' had Richter hem verzekerd, na de uitvoerige dankbetuigingen van de man in ontvangst te hebben genomen.

Nu Richter er weer aan terugdacht, overviel hem een verlaat schuldgevoel. Wat moest die vent zich bescheten hebben gevoeld toen het fotorolletje ontwikkeld was. Aan de andere kant was het wel zo dat de Japanner – en dát had hij wel degelijk aan Richter te danken – tot die tijd in een gelukzalige roes had geleefd, omdat hij zomaar gratis en voor niks door een echte vakman bij het beroemdste werk van Auguste Rodin was gefotografeerd. En dat was toch ook wat waard? 'Alles heeft zijn voor- en nadelen,' dacht Richter, 'maar lang niet iedereen ziet dat in.'

Op het grasveld waren intussen drie luid kwakende eenden aan komen wandelen. Richter opende de tas met etenswaar. Die twee stokbroden, was dat niet erg veel voor hem allen? Eigenlijk wel, maar hij had er ook niet om gevraagd. Het was hem in de maag gesplitst door die gewiekste heks die misschien wel met opzet Madeleine uit zijn buurt had gehouden, wie zou het zeggen. Richter besloot één brood onder de eenden te verdelen. Het bleef een eenvoudige daad van barmhartigheid. De truc van die wonderbaarlijke spijziging was niet voor een eenvoudige sterveling als hij weggelegd.

Binnen luttele minuten hadden de dieren het brood soldaat gemaakt en vervolgden zij waggelend hun weg over het grasperk. Richter keek opnieuw in de tas en zag de twee zakken met *galettes charentaises*. 'En waar gaan we dat laten?' sprak hij zichzelf verwijtend toe. Twee stokbroden, dat kon nog, maar een halve kilo koekjes? 'Ik eet die dingen eigenlijk nooit,' dacht hij. 'Ik heb me er behoorlijk in laten luizen. En waarom? Omdat ik weer zo nodig als een gek achter een griet aan moest hollen die ik in de haast eigenlijk niet eens zo heel goed heb kunnen bekijken.'

Ja verdomd, daar zei hij wat. Was Madeleine echt wel zo bijzonder als hij zich van dat korte moment kon herinneren? Gisteravond had hij tegen Kristien nog uitgebreid georakeld over beelden en projecties en dat herinneringen een zoeter beeld van de werkelijkheid opriepen. Kon dat soms ook bij Madeleine het geval zijn? Had hij haar schoonheid in gedachte uitvergroot door het contrast met die heks? Opeens was hij niet meer zo zeker van zijn zaak en vroeg hij zich af of al die bokkensprongen van vanochtend wel de moeite waard geweest waren. Als hij gewoon zijn boodschappen had gedaan en direct naar huis was teruggekeerd, dan had hij nu al lang weer achter de schildersezel gestaan.

Vrouwen, schilderijen, koekjes. Het leek een onlogische combinatie maar plotseling viel Richter iets in: moest hij met die koekjes niet even bij Kristien op de koffie gaan? Hij voelde een sterk verlangen om aan die roep gehoor te geven, ware het niet dat belangrijke motieven hem tegenhielden. Kristien zou beslist naar de vorderingen van de opdracht informeren, waardoor hij haar andermaal met een leugen het bos in zou moeten sturen. En wie zei dat zijn bezoek wel gewenst was? Misschien zat die knaap van gisteravond er wel weer. Dat kon zo maar gebeuren, want als ze eenmaal mochten en de smaak te pakken hadden dan bleven ze komen. 'Stel dat dat echt zo is,' dacht Richter, 'dan zitten die twee heus niet met een kopje thee naar het 'adagio non troppo' uit het tweede fluitconcert van Mozart te luisteren. Als hij er is wil ze alleen 'allegro vivace' en harde paukenslagen.'

Met die gedachte rees bij Richter opnieuw het beeld op van het onbeheerste optreden van de schaamteloze jongen en zijn vervolgoptreden op het schoolplein. Want het stond natuurlijk wel vast dat hij daar uitvoerig verslag zou doen van zijn belevenissen. 'Hij houdt niet van je Kristien,' fluisterde

Richter. 'Hij vindt je een leuk speelbeest en wil over je lijf beschikken voor zolang het duurt, maar op een gegeven moment laat ie niets meer van zich horen. Zo'n jongen is het, Kristien, een wreed monster in de huid van een jonge adonis. Hij bezoedelt je naam bij zijn kameraden en gebruikt je voor zijn eigen ontloken lusten. Laat je dat gewoon toe? Of is dat nou net wat je wil? Hoe vind je dat nou? Vind je dat misschien wel wat? Windt het je soms op? Ben je soms een... ja een echte...'

Hier bleven Richters gedachten steken. Als hij nu verder ging raakte hij weer helemaal van de kook en kwam er van schilderen opnieuw niets terecht. 'Nee, we moeten voort,' sprak hij streng tegen zichzelf. 'De plicht roept. Zaken gaan voor het meisje.'

Aangespoord door deze afgezaagde, maar met moed bezielde woorden stond Richter van het bankje op, nam in beide handen een tas en wandelde verder. Het pad voerde langs een bosrijk gedeelte dat uitkwam bij een grote vijver met aan het eind een waterval waar je onderdoor kon lopen. Die waterval was al heel lang geleden aangelegd, wist Richter. In elk geval vóór zijn geboorte, want hij kon zich nog goed herinneren dat hij er ooit als piemke van twee, drie jaar met zijn vader en grootvader onder had gestaan. Het was een soort grot waar het water overheen stroomde en met daverend geweld in de vijver stortte. Hoe aangenaam was het om in die grot naar de 'achterkant' van die waterval te kijken, dat overweldigende gekletter te horen en die vers-muffe geur van mos en algen op te snuiven. Richter overwoog – al was het maar voor héél even – de nostalgische plek opnieuw te bezoeken, maar hij besefte tegelijk dat dit niet bij een minuutje zou blijven. En gepast zou het evenmin zijn, want een terugkeer naar deze plaats van dierbare herinnering moest met waardigheid gebeuren en daarvoor was hij nu veel te gehaast.

Hij wandelde stevig door richting de uitgang van het park

en passeerde een openbare plakplaats, midden tussen de oude eikenbomen. Hij schudde zijn hoofd. Moet dat hier nu ook al? Waren er in de stad al niet genoeg van die afzichtelijke constructies? Goed als er verkiezingen op komst waren, maar dat duurde nog wel even. Toch vond de gemeente het kennelijk nuttig om deze fraaie locatie voor propagandistische doeleinden te gebruiken. Terwijl hij voortschreed, wierp Richter er een zijdelingse blik op. Zwart-witte aanplakbiljetten. Altijd weer dezelfde kleurloze affiches die ze erop aanbrachten, zo goedkoop mogelijk en...

Plotseling hield hij stil. Had hij dat nou goed gezien? Hij draaide zich om, liep op de plakplaats af en concentreerde zich op een pamfletje dat rechts onder in de hoek was geplakt. Stond daar inderdaad wat hij dacht dat het was? Hij bereikte de houten stellage en kon nu duidelijk lezen wat het biljet aankondigde:

REQUIEM
Gabriel Fauré

Zondag 3 november, aanvang: 12.00 uur
Locatie: Sint-Antoniuskerk
Kaarten voor aanvang te verkrijgen bij de ingang van de kerk

Richter voelde een warm geluksgevoel zijn aderen binnenstromen. Het requiem van Fauré, dat prachtige ingetogen werk, werd niet vaak in de omgeving uitgevoerd. Vijf november, dat was morgen. Morgenmiddag dus om twaalf uur in de Sint-Antoniuskerk, die grensde aan de kapel waar hij gistermiddag nog kaarsen had gebrand voor het beeldje van Maria Magdalena. Wat vreemd dat hij het dan niet wist. Was er rondom de kerk dan helemaal geen ruchtbaarheid aan gegeven? Misschien wel, maar was het hem niet opgevallen. Eén ding was zeker: hier moest hij heen. Opdracht of geen opdracht. Die twee uur dat hij weg was moest hij 's avonds of desnoods 's nachts maar inhalen. Er waren in het leven heilige zaken die altijd voorrang kregen en dit was er één van.

Richter had grote bewondering voor de componist Fauré en kende zijn requiem noot voor noot. Hoe prachtig hadden het 'Agnus Dei' en vooral het 'Offertoire' in zijn hoofd gespeeld toen hij eenzaam aan het verlaten graf van Fauré had gestaan? Het lag een beetje weggestopt op het cimetière de Passy in Parijs, op nog geen twintig meter van de laatste rustplaats van Claude Debussy. Het was een vredig kerkhofje dat van Passy, met een intiemere atmosfeer dan de grotere Parijse begraafplaatsen. Maar ook die hadden iets onbeschrijfelijk aantrekkelijks. Wellicht kwam dat omdat je in Parijs ook niet werkelijk dood ging. In een dorp of op het platteland kon je sterven, maar in Parijs bleef een dode voortleven. Zo kon het gebeuren dat als je naar een adres ergens op de boulevard Edgar Quinet vroeg, je als antwoord kreeg: 'Dat is dáár, schuin tegenover Sartre', want die lag vrijwel naast de hoofdingang van het cimetière du Montparnasse. Kortom, in Parijs heerste het leven, waarvan de dood slechts een zwijgzame variant was.

Richter raadpleegde zijn horloge: tien voor twee. Zijn hart begon er sneller van te kloppen. Als hij nu niet heel rap zorgde dat hij thuiskwam, werd het tijdig voltooien van het schilderij een haast onmogelijke onderneming. Morgen was hij zeker twee uur kwijt aan dat requiem. Waarom moest die verdomde uitvoering uitgerekend plaatsvinden op een dag dat hij er eigenlijk absoluut geen tijd voor had? Het koste Richter moeite zich niet gewonnen te geven aan de ontstemming die zich van hem meester dreigde te maken. Zo ging het nou altijd. Net als met die ellendige verjaardagen van collega's of bekenden die hem altijd overvielen op momenten dat hij geen cent te makken had, maar voor wie uit beleefdheid toch een aardigheidje gekocht moest worden.

Opgejaagd verliet Richter de plakplaats en zette koers naar de uitgang. Hij besloot om zich nu niet meer te laten afleiden en pas stil te houden bij zijn woning. Niettemin bleef het middagconcert door zijn hoofd spoken en kwamen er als hinderlijke windvlagen weer allerlei gedachten opzetten. Requiem, dood, kerk, begeerte, zonde, boete... volgens Richter was het allemaal in één rechte lijn met elkaar verbonden en liep die koppeling als een rode draad door zijn leven. Wat was het? Was het angst? Obsessie? En was het in die hoedanigheid dan goed of slecht? Lag het wel zo simpel? Kon iedere handeling, overpeinzing of dwangvoorstelling, gewild of ongewild, eenvoudigweg worden beoordeeld als goed of slecht? De mens was een gecompliceerd wezen dat zich zelden raad wist met zijn aangeboren eigenschap de wichtigheid en tegenstellingen der dingen te onderkennen en er weloverwogen goed- of afkeurende uitspraken over te doen. En dan bestonden er nog de grensgevallen, want moest je bijvoorbeeld iemand die de moordenaar van zijn eigen kind had vergeven voor gek verklaren of juist heilig verklaren? Dat waren moeilijke zaken die slechts verwarring zaaiden en het leven er niet eenvoudiger op maakten. En – ja, dat speelde ook nog eens mee – hoe zat het met die zogenaamde vaststaande waarheden als het individu door persoonlijke ontwikkeling soms radicaal van inzicht en mening veranderde?

Richter vervolgde zijn weg maar kon het onderwerp niet zomaar van zich af zetten. Goed of slecht, dat was al niet eenvoudig te beoordelen, maar nog veel ingewikkelder leek het om een norm te stellen voor dat nog steeds niet opgeloste vraagstuk over maatschappelijke rechten en plichten. Was daar geen treffende Latijnse spreuk voor? Hij dacht na en probeerde tevergeefs iets uit zijn geheugen omhoog te persen. 'Waarom hebben ze het altijd over rechten en zelden over plichten?' dacht hij. Ontstonden rechten niet vanzelf als iedereen zich gewoon aan zijn plichten hield? Waarom riepen al die filantropen altijd om recht op uitkering, recht op een menswaardig bestaan, recht op vrije meningsuiting, recht op gelijke behandeling of gewoon om mensenrechten in het algemeen, maar was er nooit eens iemand die met de vuist op tafel sloeg en gewoon zei: 'Zo, en nou is het uit. Wie centen wil die gaat daar maar voor werken, net als ieder ander. Dat zijn geen gelijke rechten maar gelijke plichten!'

Opeens wist Richter weer hoe die Latijnse spreuk luidde: *Quod licet Jovi non licet bovi.* Dat betekende: wat de hogere in rang past, is voor de lagergeplaatste niet vanzelfsprekend geoorloofd. Ook Carl Gustav Jung, toch een man van groot aanzien, had dit onderwerp in soortgelijke bewoordingen ter sprake gebracht. 'Dat is precies waar het om gaat,' dacht Richter. Rechten kreeg je tenslotte niet bij geboorte maar diende je te verwerven. En dat bereikte je niet door in je blote kont op straat te demonstreren of met veel tamtam in hongerstaking te gaan, hoewel de autoriteiten daar toch altijd weer voor door de knieën gingen, in plaats van de oproerkraaier op te laten pakken en hem eens een lesje te leren. Het waren rare tijden en het werd tijd dat er eens iets aan werd gedaan.

Richter merkte dat deze overpeinzing hem boos begon te maken. Er waren heel veel dingen die hem helemaal niet bevielen. Niet alleen in de politiek maar ook in het dagelijkse leven op straat en in openbare gebouwen, zoals kerken of musea. Vooral daar, in musea. En niet vanwege die Chinezen en Japannezen, want die hadden in hun grenzeloze geestdrift best iets beminnelijks.

Nee, de echte boosdoeners waren die gasten die op oude gympen en met hun jas om de heupen geknoopt met een audiogids langs de schilderijen struinden. Na een rondje aandachtig luisteren voelden zij zich dan ineens heel geleerd en gingen zij hun vrienden, familie of zomaar een willekeurige voorbijganger iets over de werken vertellen. Over dat die bepaalde kleur blauw toch zo fijn gekozen was, of dat de lijst zo'n buitengewone eenheid vormde met het doek. Of opmerkingen als: 'Kijk, Brueghel heeft een beentje te veel geschilderd. Heb je dat gezien? Daar, onder die plank met die vlaaien. Zie je?' Sommigen gingen nog verder door op een afstandje met opgeheven onderarm voor een schilderij te gaan staan, waarbij zij hun hand als scheidingswand tussen de ogen hielden om de symmetrie van de compositie te kunnen beoordelen. 'Het liefst zou ik ze allemaal het museum uit willen schoppen,' dacht Richter, terwijl hij geërgerd een kastanje wegtrapte. 'Ik wil alleen zijn met mijn doden en hun onsterfelijke creaties.'

In de verte zag hij de hoge, half begroeide hekken van de uitgang. Het zou fijn zijn als hij het laatste gedeelte van zijn tocht in volmaakte gedachteloosheid kon volbrengen. Al dat denken maakte een mens droefgeestig en moe. Hij kon zijn energie wel beter gebruiken. Het moment was gekomen om die verheven theorieën over rechten en plichten zelf eens in de praktijk te gaan brengen. Want thuis in de woonkamer stond een paneel dat inmiddels schreeuwde om voltooiing.

Richter verliet nu het park. Het weer had nog steeds de bekoorlijkheid die hij vanochtend al bij het naar buiten gaan had gevoeld, hoewel het al weer ruim vier uur later was. De tijd vloog voorbij en de toekomst zou leren of het vier verloren of gewonnen uren waren geweest. Maar er hing iets in de lucht, merkte Richter. Er sluimerde iets. Iets van een hooggaande blijde verwachting.

10
Varietas delectat

Nadat Richter zich met de inmiddels loodzwaar geworden tassen door het trappenhuis naar boven had geworsteld, stak hij bijna zegevierend de sleutel in het slot. Hij opende de kamerdeur en stapte naar binnen. Eigenlijk werd het eens tijd voor een fatsoenlijk vervoersmiddel, want het was toch niet normaal dat een volwassen kerel als hij zich alleen te voet kon verplaatsen. Al was het maar een eenvoudige fiets, bij voorkeur een incourant model, dat zonder verhoogde kans op diefstal tegen een muur kon worden geplaatst.

Richter tilde de boodschappentassen op het aanrecht, nam een hap van een appel en legde de rest, samen met de groenten in de koelkast. Hij overwoog om, alvorens met schilderen te beginnen eerst iets te eten, maar zag daar toch weer van af. 'Later op dag neem ik wel wat,' nam hij zich voor. 'Eerst wat bier. Ik verga van de dorst.'

Hij opende een blikje en zette het aan zijn mond. Na drie forse slokken begon hij de rest uit de tas te halen. Daarna verwijderde hij het papier van de wijnflessen, liep naar de woonkamer en zette ze naast elkaar op het dressoir. Het stokbrood en die belachelijke overdaad aan *galettes charentaises* kwamen in de provisiekast en het bier in de koelkast, evenals de drie kazen die er wel erg aanlokkelijk uitzagen en een uitnodigend aroom verspreidden. 'Nee jongen, strakjes,' sprak Richter vaderlijk tot zichzelf. Hij sloot de koelkast en nam de half afgekloven appel en het bierblikje mee naar de woonkamer.

Terwijl hij zijn schilderssjas zocht, kwam er een hinderlijke gedachte bij hem op: stel dat hij, zijn noeste arbeid en eventueel nachtelijke doorwerken ten spijt, het schilderij toch niet op tijd af zou krijgen. In gedachte hoorde Richter al hoe Kristien hem uitzinnig van woede allerlei verwijten toeriep: 'Wat zeg je? Niet af? Wat heb je dan zitten doen al die tijd? Het zou nog wel zo feestelijk worden onthuld. Wat ga ik nu tegen mijn gasten zeggen? Misschien moet jij het ze maar vertellen. Nee, weet je wat, ga weg. Ik wil niets meer met zo'n kladschilder als jij te maken hebben...'

Deze gefingeerde tirade ontstemde hem meteen. Een kladschilder? Dat nooit. 'Ik laat me toch zeker niet door die lui op de kop zitten,' dacht hij hardop, 'ik heb alles nog zelf in de hand. En als het echt moet dan laat ik maandag gewoon verstek gaan op het werk.' Hij was er zich van bewust dat dit noodscenario geen aanbeveling verdiende, maar wanneer het echt niet anders kon dan moest het maar gebeuren. 'Ze kunnen op het gemeentehuis best een dagje zonder me,' besliste hij. 'Ik heb me daar al lang genoeg van m'n beste kant laten zien.'

Hij had zijn schildersjas gevonden en wierp een bekommerde blik op het paneel. Ja, die maandag kon hij misschien nog wel eens hard nodig hebben. Dan maar geen droogtijd. En ook geen lijst. Helemaal kaal dus, zonder enige franje uitgestald op een eenvoudig statief. Tegenwoordig was dat zelfs erg in de mode. 'Kristien heeft gelijk,' dacht Richter, 'ze mogen er allemaal naar kijken. Zolang iedereen er maar met z'n fikken van afblijft.'

Hij goot de terpentine in een glazen potje en kneep de benodigde kleuren verf uit de tube op zijn palet. Daarna klemde hij de foto's van Kristien en Bart met een wasknijper op de ezel. 'Voorlopig laat ik die achtergrond even voor wat het is,' besloot hij. 'Eerst die gezichten wat meer gestalte geven.'

Met hetzelfde soort penseel als waarmee hij gisteren was begonnen, bracht hij nu lichte en donkere basiskleuren en grove contouren aan op de uitgespaarde gebieden. De dronken makende geur van olieverf werd sterker, nam geleidelijk aan bezit van hem en gaf hem de kracht de opdracht met nieuwe bezieling uit te voeren.

De volgende drie uur werkte Richter onophoudelijk door. Soms moest hij de wat al te uitbundig aangezette verf weer wegpoetsen, dan weer waren bepaalde kleurcontrasten onvoldoende scherp of moesten er op schaduwplaatsen nog wat extra accenten worden aangebracht. Maar gaandeweg vorderde hij en traden de gezichten van de notariële opdrachtgevers steeds nadrukkelijker uit de achtergrond naar voren. Zelfs de vragende, van heimelijke bereidwilligheid getuigende ogen van Kristien, die Richter aanvankelijk als het zwaarste onderdeel van de missie had beschouwd, waren wonderwel gelijkend. En ook zijn grootste vrees dat het werk, alle middelen ter camouflage ten spijt, een gekostumeerde versie van *La belle et la bête* zou gaan worden, leek vooralsnog ongegrond. Knap was hij niet die Bart, dat viel moeilijk te ontkennen, maar hij stond toch heel behoorlijk afgebeeld, met een levendigheid die vermoedelijk geen tweede maal zou lukken. Richter kneep zijn ogen toe, tuurde door zijn oogharen en stelde vast dat het geheel er inderdaad buitengewoon goed uitzag. En dat terwijl hij niet eens gespecialiseerd was in portretschilderen. 'Sommigen doen er wel twee per dag,' dacht hij, 'maar dat zijn de commerciële jongens. Ik ben nog een ambachtsman. Een van het oude soort, die nog met zorg en beleid te werk gaat. Heel verstandig van Kristientje dat ze mij voor die opdracht gevraagd heeft.'

Met een ironisch lachje legde hij zijn kwast even weg. Als hij zo door ging en er zich verder geen onverwachte tegenslagen voordeden, zou de gestelde limiet van maandagavond zonder problemen worden gehaald. De avond was nog lang, en afgezien van de twee uren die het requiem in beslag zou nemen, had hij ook de hele zondag nog om het werk te voltooien.

Waar kwam die plotselinge inspiratie en energie toch vandaan? Hij had vandaag nog vrijwel niets gedronken. Goed, in het café één glas bier, maar die was al lang weer uit zijn lijf verdampt. En het blikje dat hij thuis had geopend was nog voor de helft gevuld, dus dat telde eigenlijk ook niet mee. Kon dat soms de oorzaak zijn van dat hernieuwde ontvlammen? 'Ik kan het me haast niet voorstellen,' dacht Richter. 'Als dat zo is dan zouden de grootste kunstenaars geheelonthouders zijn, en de geschiedenis heeft wel aangetoond dat het tegendeel het geval is.' Hoeveel muzikanten waren er niet die een creatieve dood stierven nadat ze drugs en drank hadden afgezworen? Nee, er speelde meer. Er moest iets anders aan de hand zijn. Richter staarde dromerig over het paneel de kamer in en verzonk in een dichterlijke mijmering. 'Het is de muze,' fluisterde hij. 'Ze is terug. Gekomen, herrezen, grootser dan ooit en glorievol als de lente, met schoonheid die als een wind van vleugelslagen door mijn gedachten wuift.'

Er was geen twijfel mogelijk. Wie anders dan het meisje dat hij maar zo kort had mogen aanschouwen, maar wier even mysterieuze als begerenswaardige verschijning een onuitwisbare indruk op zijn netvlies had achtergelaten en aan wie hij in een vlaag van passionele verhevenheid de heilige naam 'Madeleine' had gegeven, wie anders dan zij had deze ommekeer teweeg gebracht? Richter voelde dat er iets over hem kwam dat hij nog maar zelden eerder gevoeld had: geen hartstocht, maar een haast onwerkelijke neiging tot onvoorwaardelijke overgave die hem van verrukking deed wankelen. 'Ze heeft me volledig in haar macht,' fluisterde hij. 'Maar voorlopig voel ik me er wonderbaarlijk goed bij.'

En toch, in die geheimzinnige sfeer die haar beeld omhing,

voelde hij angst. Een bange onzekerheid dat deze fascinatie, die een ongekend fanatisme in hem had doen ontwaken, hem noodlottig kon worden. Voorzichtigheid bleef geboden, zelfs wanneer het de liefde betrof. Opnieuw drong zich een pijnlijke vertwijfeling aan hem op: was Madeleine werkelijk wel zoals hij zich in zijn verbeelding voorstelde: die volmaakte, uit de hemel gezonden synthese van een kuis, liefdevol wezen en de uitdagende hoer, zoals Maria van Magdala zelf? Richter wreef zich eens over het voorhoofd. 'Maakt het wat uit?' vroeg hij zich af. 'Een vrouw is niet zozeer mooi omdat zij het werkelijk is, maar omdat haar minnaar haar in zijn verbeelding mooi gemaakt heeft. Zonder fantasie kun je toch geen goede minnaar zijn?' Hij keek naar het fotootje van Bart dat stevig door de wasknijper op zijn plaats werd gehouden, zodat het leek of dat wezenloos starende hoofd aan een waslijn hing. 'Kijk maar eens naar Kristientje,' dacht Richter, 'als die niet barst van de fantasie dan weet ik het ook niet meer.'

Waar was Madeleine nu eigenlijk? De winkels waren inmiddels gesloten. Misschien moest ze haar bazin nog helpen met opruimen, schoonmaken en aanvegen van de zaak. Maar uiteindelijk was ze toch klaar en kon ze naar huis gaan. Had ze vanmiddag eigenlijk wel gewerkt? Ook dat stond niet vast en Richter neigde er steeds meer toe te geloven dat ze alleen maar een ochtendje arbeid had verricht. Vanmiddag had hij haar in ieder geval niet meer gezien, maar ook dat hoefde niets te betekenen. Goed beschouwd was alles mogelijk en gesteld dat zij vanmiddag toch in de winkel was geweest, hetzij achter in de bakkerij of later in de middag weer achter de toonbank, dan was nu ongeveer het moment aangebroken dat zij naar huis zou gaan.

'Ik ga d'r heen, ik ga d'r zoeken,' flitste het door Richters hoofd, maar hij begreep tegelijk dat zo'n wanhoopsdaad gedoemd was te mislukken. Hij kon toch niet als een bezetene naar de stad rennen om daar hijgend en bezweet aan te komen? En wat als hij haar door Gods genade nog zou tegenkomen ook? Moest hij haar dan uitnodigen voor een kopje thee en koekjes uit eigen bakkerij? Of misschien voor wat sterkers? Hij had voldoende wijn gehaald, dus...

Nee, veel waarschijnlijker was het dat hij haar niet zou vinden. Dat zij misschien toch eerder was weggegaan. Of dat zij, plotseling weggeroepen, in allerijl uit de stad was vertrokken en nu aan het sterfbed zat van een ernstig zieke ouder, met betraande ogen haar rozenkrans biddend. Ja, wie weet verkeerde zij in nood en had zij dringend hulp nodig. Moest hij de bakkerij niet even bellen om van die kwellende onzekerheid verlost te raken? Nee, daar schoot hij niets mee op. Hij moest erover ophouden. 'Als er echt iets aan de hand was geweest, had ik dat geweten, hoe dan ook,' hield Richter zich voor. 'Met paranormale intuïtie, visioenen of door het horen luiden van doodsklokken of weet ik veel...'

Hij vatte nieuwe moed en probeerde zijn gedachten te ordenen. 'Ik heb niets gezien of gehoord, dus we gaan maandag gewoon terug,' sprak hij tot zijn meervoudige persoonlijkheid. 'Zo was de afspraak en daar wijken we niet van af. En als we Madeleine zo nodig het hof willen maken, dan zal dat niet overhaast maar op subtiele wijze en met de juiste middelen moeten gebeuren.'

Ja, de juiste middelen, lagen die niet binnen handbereik? Hij moest gebruikmaken van zijn sterkste kanten, en dat waren zijn artistieke vaardigheden. Daar waren tenslotte heel wat vrouwen in geïnteresseerd. Bovendien hoefde je geen groot inzicht in de vrouwelijke psyche te hebben om te weten dat iedere vrouw graag complimentjes ontving. Wilde hij zijn kansen vergroten dan moest hij dus met beide wapens ten strijde trekken: eerst in vleiende, niet te overdreven bewoordingen zijn bewondering laten blijken voor Madeleines uiterlijke voorkomen, daarna op strategische wijze gewag maken van zijn kunstenaarschap en haar tenslotte voorstellen om een keer als model te komen poseren. Geheel vrijblijvend natuurlijk, in een 'ongedwongen sfeer', zoals ze dat tegenwoordig zo graag zeiden. Ze moest er maar eens over nadenken en hem bellen wanneer ze langs wilde komen. 'Zie je, het is niet moeilijk,' hield Richter zich voor. 'Planmatig te werk gaan, dat is het geheim.'

Ondertussen had de intredende duisternis zijn weg naar binnen gevonden. Richter deed de schemerlamp aan en ook de spotverlichting die hij alleen bij het schilderen gebruikte. 'Als ze eenmaal binnen is, dan komt de rest vanzelf,' zette hij zijn droomscenario voort. 'En haar portret, dat wordt een wereldschilderij dat in zijn volmaaktheid al het andere zal overtreffen en ook nooit meer overtroffen zal worden. Het zal mijn magnum opus worden.'

Ja ja, het kon niet op. Plannen waren er genoeg, maar voor het eenmaal zover was... voordat zo'n meesterwerk, waarin alle facetten van de vrouwelijke schoonheid door haar, Madeleine, de ultieme voltooiing zouden vinden, aan de wereld getoond kon worden... voor dat klaar was, viel er nog een heleboel denkwerk te verrichten. In welke vorm moest het bijvoorbeeld? Moest het statisch, als een naakte Venus? Of gracieus als Cleopatra, liggend als een sfinx? De Duitse symbolist Franz von Stuck had ooit een schilderij van een vrouw in zo'n houding gemaakt. Heel uitdagend, dat wel, maar nog niet genoeg. Het moest aanstootgevender, met zwarte kousen en laarzen. En met symbolen, zoals Bosch en Brueghel deden, maar dan aangepast aan de moderne tijd, want geen mens die tegenwoordig nog een afgebeelde ooievaar of duiventil met ontucht associeerde, of een trechter met bedrog, of begon te huiveren bij het zien van brandende helleburchten waarin engelen werden gefolterd door monsters die het slechte in de mens moesten verbeelden. De tijden waren veranderd en misschien was dat in dit geval maar goed ook.

Het groeiende idee voor zijn meesterwerk in spe beviel Richter, terwijl hij merkte dat er al weer een nieuwe gedachte aanklopte die hem een andere kant op probeerde te bewegen: moest hij Madeleine niet geheel anders uitbeelden dan als een weliswaar beeldschone, maar nog altijd profane verschijning? Hij dacht aan Maria Magdalena, de heilige hoer en verzwegen bruid en moeder. Moest hij Madeleine, een eenvoudig winkelmeisje, niet afbeelden als deze geheimzinnige jodin, in helder blauw gesluierd, met in haar linkerhand een ei als symbool van vruchtbaarheid? Als de volmaakte vereniging dus van heilige devotie en verboden erotiek? Richter vroeg zich af of de mensen het verband wel zouden kunnen leggen. De tempeliers, de graalridders van Montségur, ja die zouden het onmiddellijk begrepen hebben. Maar die mannen waren allemaal dood, dus van die kant viel weinig steun te verwachten.

'Maar wacht eens,' dacht hij ineens. 'De tempeliers waren niet de enige ingewijden. Er zijn er meer. Aanhangers van Richard Wagner bijvoorbeeld, die zullen weten wat ik bedoel.' Richter knipte met zijn vingers. Natuurlijk, dat hij daar niet eerder aan had gedacht: om inspiratie op te doen voor zijn opera *Parcifal* had Wagner een expeditie ondernomen naar het Zuid-Franse katharenland. Of hij daar net als andere schatzoekers op zijn knietjes naar de Graal had zitten graven was niet bekend, maar wel dat die reis hem inspiratie had gegeven voor een hoogtepunt uit zijn oeuvre: de ouverture van *Parcifal*, die de ziel uit je lijf rukte, vooral als je het werk voor een grote spiegel meedirigeerde.

Ook Hitler was er mateloos door gefascineerd geweest. Maar dat was wellicht meer vanwege het aspect 'zuiverheid van het bloed' dan vanwege het eigenlijke mysterie, meende Richter.

Hij streek door zijn haar en zuchtte. Dat Hitler, net als hij, ook van Wagner hield, had wel iets beangstigends. En Hitler schilderde ook. Misschien wel niet zo verdienstelijk, maar toch. Richter greep een penseel en stak de stompe kant in zijn mond. Nee, die vergelijking was onzinnig. Dat hij, Richter, schilderde en de ouverture van *Parcifal* mooi vond, betekende toch nog niet dat er iets aan hem mankeerde? Integendeel, het was juist een prijzenswaardige combinatie die bij de jongere generatie kunstenaars nauwelijks nog voorkwam.

Hij richtte zijn aandacht weer naar het paneel, dat in het kunstlicht helemaal als een dreigende opponent voor hem stond. Toen liep hij naar het dressoir en ontkurkte een van de nieuwe flessen, in de hoop dat de wijn zijn besluit over de uitbeelding van Madeleine zou bespoedigen. Hij schonk een glas in en keerde terug naar zijn werkplek. Het scheen Richter toe dat de notaris hem een beetje vals aankeek, alsof hij dacht: 'Luister eens jongen, jij wordt rijkelijk beloond voor dit werk, dus een beetje meer toewijding mag wel.' Helemaal ongelijk had hij niet, moest Richter toegeven en na een korte aarzeling toog hij opnieuw aan het werk. Hij mengde cadmiumrood, cadmiumgeel, kobaltblauw en een flinke hoeveelheid titaanwit op het palet tot een paars-rose kleur en begon een transparante laag over de donkere vlakverdeling aan te brengen. Van donker naar licht werken, dat was een techniek die hij – in navolging van de oude meesters – wel vaker toepaste, waarna hij met zowel donkere als lichte kleurtonen of dik aangezette contourlijnen bepaalde vormdetails verder kon accentueren. Het gezicht van Bart – of hoe hij in werkelijkheid ook mocht heten – werd nu wat plastischer en begon geleidelijk aan een zachtmoedigere uitstraling te krijgen. Hij was nog wel wat bleekjes, maar dat kon in een later stadium worden gecorrigeerd, net als andere kleine nuances en onvolledigheden die Richter pas morgenochtend zouden opvallen, als hij er met een nieuwe blik naar kon kijken.

Ondertussen begon hij honger te krijgen. Maar om uitgebreid te gaan koken, daar voelde Richter weinig voor. Kaas en wijn konden voor een keertje best volstaan en bovendien bood een 'snelle hap' de mogelijkheid om gewoon door te werken.

Hij haalde de drie kazen uit de koelkast, sneed van elk een flink stuk af en legde alles op een houten plankje. Ook het stokbrood sneed hij aan, om tussendoor de mond te kuisen, zoals ze dat in Vlaanderen zo fraai zeiden.

Hij nam het plankje mee naar de woonkamer en liep naar het dressoir voor de wijn. Het zag er strak uit, die vier flessen zo keurig naast elkaar. Maar zou iedereen daar zo over denken? Stel dat Kristien plotseling weer voor de deur zou staan. Dan waren de rapen natuurlijk gaar, want zij zou niet alleen die vier drankflessen zien, maar ook het paneel waarop nu, in tegenstelling tot gisteravond, haar gezicht en dat van Bart te herkennen viel. Dubbele ellende dus, want in haar beleving moest het werk inmiddels wel af zijn, en de ontdekking dat dat niet het geval was, kon zij weer in verband brengen met die flessen. Dat scenario moest voorkomen worden.

'Twee dingen,' dacht Richter. 'Vanavond komt er niemand meer in en die flessen gaan veilig het dressoir in. Ik laat me niet gek maken.' Hij borg de drie verzegelde flessen op en ging met het aangebroken exemplaar en het volle glas terug naar zijn werkplek.

'Varietas delectat, verscheidenheid behaagt,' mompelde hij, nadat hij een slok wijn had genomen en een stuk Cantal in zijn mond had gestoken.

Hij deed zijn schildersjas uit en plofte in de leunstoel bij het venster. 'Dit is nu mijn zaterdagavond,' verzuchtte hij. 'In mijn eentje aan de zuip met een stuk kaas. Ik werk aan een schilderij dat al lang af had moeten zijn, verstop wijnflessen en maak ondertussen hartstochtelijke plannen met een meisje dat ik niet ken en dat mij niet kent. Kan het nog pathetischer?' Hij liet zich op de grond zakken, kroop naar het stereomeubel en zocht tussen de cd's naar iets dat voor een beetje verstrooiing kon zorgen. Er lag een verzamelwerk van Debussy dat hij op rustige momenten vaak beluisterde, maar waar hij nu te gejaagd voor was.

Hij zocht verder en vond *LA Woman* van de Doors. 'Dit is wat we nodig hebben,' riep hij uit, 'muziek met ballen.' Hij legde het schijfje in de cd-speler en even later klonk *The Changeling* door de speakers.

'Als het met Madeleine niks wordt, laat ik net als Jim Morrison mijn haar groeien en de baard staan,' dacht hij, terwijl hij het hoesje bekeek.

Inderdaad, aan verscheidenheid geen gebrek. Was het niet zijn eetgewoonte dan waren het wel zijn muzikale voorkeuren. Eigenlijk kwam in alles die behoefte aan verscheidenheid naar voren. Rijpere vrouwen zoals Kristien, maar ook jonge meiden zoals Madeleine konden op zijn warme belangstelling rekenen. En dan was er nog de meest curieuze tegenstelling van allemaal: die van enerzijds een wilde levenshouding met seks, drank en rock & roll en anderzijds zijn neiging tot integriteit, conservatisme en het verlangen naar een zuiver geloof. 'Het kan zijn dat ik moet boeten,' overwoog Richter. 'Boeten omdat ik in mijn vorige leven misschien een monnik ben geweest die, na overdag God te hebben geloofd, 's avonds onder de lakens zijn liefde voor het leven vierde.'

Hij zette het geluid harder. 'You gotta see me change!' schreeuwde Morrison uit. 'Ja, hij wel,' dacht Richter. 'Maar mijn leven is niet noemenswaardig veranderd. Zeker niet in vergelijking met het vorige.'

Maar goed, er waren veranderingen op komst. Hij was van plan een nieuwe kunst of in elk geval een nieuwe blik op de kunst te ontwikkelen. Een gewoon meisje, afgebeeld als een fatale heilige, dat kon je toch op zijn minst gewaagd noemen en lang niet iedereen zou dat waarderen. 'Liever gehaat en omstreden dan nimmer opgemerkt,' besloot Richter zijn gedachten. 'Je hoeft het ook niet altijd met elkaar eens zijn.'

Hij liet zijn blik in volgorde gaan over de aangebroken fles, het paneel, de kaas, de slordig weggeworpen schildersjas en de verspreid over de grond liggende cd-doosjes. De rommel en de bekrompen ruimte begonnen hem te benauwen. Hij ging bij het venster staan. Buiten wierp de straatlantaarn een geheimzinnig licht over de hoge huizen aan de overzijde. Misschien moest hij een avondwandeling maken om de gebeurtenissen van de dag van zich af te zetten en zijn geest tot rust te laten komen. Van schilderen kwam in elk geval niet veel meer terecht vanavond. De pijp was leeg. Hij moest ook niet zoveel nadenken.

Hij zette de muziek uit, liep terug naar het venster en schoof het zo ver mogelijk omhoog. Een koele avondwind waaide door zijn haar. Meer dan een volle minuut bleef hij daar gedachteloos staan, terwijl hij in de zwarte hemel naar een eenzame ster zocht. Daarna sloot hij de ogen en ademde enige malen diep de frisse lucht in. 'Ik ga ook niet meer lopen ook,' besloot hij. 'Ik heb er de kracht niet meer voor.'

Nog een tijd bleef Richter bij het open raam staan, tot de herfstlucht onbehaaglijk werd. Hij sloot alles af, ruimde nog wat op en begaf zich naar bed.

11

Zondagochtend

Het was de volgende ochtend miezerig weer. Richter voelde zich moe en lamlendig, wat erop wees dat hij lang en vast moest hebben geslapen. Waar kwam die loomheid vandaan? Had hij soms weer gedroomd? Hij probeerde mogelijke visioenen in herinnering te roepen, maar merkte al snel dat hij zich tevergeefs inspande.

Hij rekte zich uit, stond op en wilde net naar de woonkamer lopen, toen zijn oog op de wekker viel. Van schrik stootte hij tegen de rand van het bed. Was het al zo laat? Ja hoor, al bijna half elf.

Met het prangende beeld van de wijzerplaat nog voor ogen haastte hij zich naar de woonkamer en hield stil voor het schilderij. Wat moest hij doen, nu hij opnieuw zoveel kostbare tijd had verloren? Over anderhalf uur begon het requiem. Was het wel zo verstandig om daar nu nog heen te gaan? Hij zou zeker niet eerder dan om twee uur terug zijn. Wat was wijsheid? Niet gaan betekende weliswaar tijdwinst, maar had tot gevolg dat hij met tegenzin aan het werk zou gaan, wat weer een nadelig effect kon hebben op de kwaliteit van het schilderij. Misschien was het juist wel goed om er even uit te zijn na zo'n lange nacht. En wie weet zorgde die uitvoering wel voor de juiste inspiratie, zodat er niet in absolute, maar wel in relatieve zin tijd zou worden gewonnen. Richter besloot om niet langer te dubben en gewoon te gaan.

Terwijl hij nog steeds naar het paneel staarde, dacht hij na over het dagprogramma. Als hij Kristien nu maar niet tegenkwam in die kerk. Morgenavond een nog maar net afgeschilderd, naar natte verf riekend paneel afleveren, terwijl zij hem de vorige dag nog op zijn gemak bij een klassieke uitvoering had zien zitten, zou niet best zijn. Hoewel, hij kon altijd zeggen dat hij op het allerlaatste moment nog bepaalde details waarover hij niet helemaal tevreden was, had gewijzigd. 'Ja, dat is een goeie,' dacht Richter. 'Een kunstenaar die dat doet krijgt alle lof. "Die man is een perfectionist" wordt er dan gezegd.'

Het kwam er dus op neer dat het schilderij voor de buitenwereld gewoon al klaar was. Niemand hoefde te weten dat dat niet zo was. Het eindverhaal stond vast en was geloofwaardig genoeg om door Kristien en haar gasten te worden geaccepteerd. Voorwaarde was dan wel dat het werk morgenavond hoe dan ook gereed moest zijn. Maar dat was geen punt. Na het requiem zou hij meteen beginnen en lang doorwerken, desnoods tot morgenvroeg.

Eigenlijk wilde hij helemaal niet meer terug naar het gemeentehuis. Maar hij besefte ook dat hij het saaie en strak geordende ambtenarenbestaan als contrasterend element nodig had om tot scheppende gedachten te komen. Kunst stond nooit los van het leven, maar het vervelende was dat artistieke invallen altijd naar voren traden tijdens vergaderingen of op het toilet; op momenten dus dat hij niet in de gelegenheid was om het direct uit te werken. Daardoor waren in de loop van de jaren al vele ideeën verloren gegaan, omdat hij ze zich later niet meer kon herinneren.

Maar dat was nu niet aan de orde. Opgelucht door het idee dat de benodigde tijdspanne zelfs tot een halfuur voor aflevering kon worden verlengd, opende hij het raam om in het mistige ochtendgloren het aroom van de ontwaakte stad op te snuiven.

Inmiddels moest het nu al tegen kwart voor elven zijn. Hij moest zich nu echt gaan aankleden, anders kwam hij te laat. Of het aan de beklemmende ruimte van zijn woonkamer lag of aan zijn behoefte om op deze mistroostige zondagochtend wat culturele verstrooiing te zoeken wist Richter niet, maar het lukte hem om zich nog vóór half twaalf te wassen, aan te kleden en een licht ontbijt te nemen.

Hij trok zijn jas aan en tastte in zijn binnenzak. Er zat iets in. Een papiertje. Richter haalde het tevoorschijn, vouwde het open en las: *We planten allemaal onze eigen boom die we naar vrije keuze opkweken of laten verdorren...* O ja, dat was nog uit de Mariakapel. Hij stak het foldertje terug en ging naar de deur die de kamer van de overloop scheidde. Moest hij voor de zekerheid geen paraplu meenemen? Je wist het maar nooit en de weersverwachting voorspelde ook al niet veel goeds. Hij greep een groot blauw-paars exemplaar dat hij ooit eens tijdens een nachtelijke kroegentocht had gevonden en snelde naar beneden.

'Van wie zou dat ding eigenlijk geweest zijn?' dacht Richter toen hij de deur achter zich had gesloten. Hij begaf zich op weg en probeerde zich een voorstelling te maken van de vorige eigenaar. Gezien het grote formaat en het degelijke materiaal van de paraplu moest het een man zijn. Een man met smaak, getuige de in ultramarijn en purper uitgevoerde stof. Hoe kon iemand zo'n prachtig exemplaar zomaar vergeten? Was er drank in het spel geweest? Dat moest wel. Waarschijnlijk was het regenscherm van een oude kerel geweest die in een duistere steeg achter de kroeg, in de stromende regen met een jonge meid had staan scharrelen op het moment dat hij, Richter, het voorwerp uit de goot had gevist. Dat soort dingen gebeurden. Richter had het zelf een keer meegemaakt toen hij zestien was: in het café waar hij regelmatig kwam, trad een bluesband op. Het gezelschap was geformeerd rond een saxofonist van een jaar of zestig; een zweterige vent met vette haren en een verlopen zuipkop. Al tijdens de eerste set had Richter gezien dat er een prachtige, in een sexy mini-jurkje geklede jonge meid bij het podium stond en hij begon al te plannen te maken om met haar in contact te komen. Maar tijdens de pauze, net op het moment dat hij genoeg moed had verzameld om op haar af te stappen, zag hij haar bij de oude saxofonist staan. Ze schreef iets op een briefje, stak het in zijn borstzak en gaf hem een hartstochtelijke tongzoen. Richter was er helemaal ziek van geweest. Hij was meteen naar huis gegaan en had zich nooit meer in het café vertoond. Zelfs nu, na al die jaren, kon hij zich er nog steeds over opwinden, hoewel hij besefte dat hij daar niets mee opschoot. 'Laat die gejatte paraplu dan maar mijn wraak zijn,' mompelde hij somber.

Inmiddels was hij aangekomen bij het lommerrijke plein waar hij vrijdag ook had gelopen. De bekoorlijke bebouwing trok zijn aandacht, maar door de herinnering aan die saxofonist bleef hij zwaarmoedig gestemd. De architectuur was dood, wist hij, al jaren. Eigenlijk was er al sinds de jaren dertig niets bijzonders meer gebouwd. Alleen maar nieuwbouwwijken, hoogbouwflats en futuristische ellende.

Maar hier, aan dit plein, vond je nog schoonheid. Vooral het witgrijze art-decopand beviel hem. Stond hier niets te huur? Hij speurde de gevels af, maar kon nergens een makelaarsbord ontdekken. Zulke buitenkansjes waren meestal snel vergeven. Wie hier wilde wonen moest goede connecties hebben of over de nodige centen beschikken. Daar kwam je niet zo gauw tussen.

Maar ach, wat betreft zijn huisvesting had hij eigenlijk geen reden tot klagen had. Zijn bovenwoning was misschien wat klein, maar groot genoeg voor een man alleen en ook de straat was er een die genoemd mocht worden. Bovendien woonde aan de overkant Kristien, die een lust voor het oog was. Kortom: het was allemaal zo slecht nog niet. Voor hetzelfde geld had hij in zo'n groot gevaarte gezeten, tussen de aan gele waslijnen wapperende onderbroeken van de ene buur en de moordende stank van uien en aangebrande couscous van de andere. Met lugubere berghokken die meer leken op een ondergronds mortuarium - verlaten grafkelders waaruit een eigenaardige lucht opsteeg van motorolie, spocht en zware shag.

Ja, die moderne catacomben benadrukten nog eens hoe heftig de verpaupering had toegeslagen. Volgens Richter had dat allemaal te maken met de opbloei van menslievende organisaties: het individu op de eerste plaats, iedereen een eigen dak boven zijn hoofd en veel sociale woningbouw. En dat alles in een rasptempo gebouwd, want de bevolkingsdichtheid nam met de dag toe.

Terwijl Richter zijn weg vervolgde, voelde hij iets van een volksleider in zich ontwaken. Het vaderland verkeerde in gevaar. Redding was mogelijk maar dan moest het roer volledig om. Hij zag het toekomstbeeld al voor zich: afschaffing van de kinderbijslag, geleidelijke bevolkingsafname, minimale werkeloosheid, overheidsgelden niet meer naar uitkeringen maar naar extra politieagenten die in nieuw aangelegde stadsparken – die op de plaats van die gesloopte flats waren gekomen – de openbare orde handhaafden. Strenge agenten zouden het zijn, met vergaande bevoegdheden die een brutale schooier, die zich niet aan de regels hield, een flink pak rammel mochten geven... het een volgde het ander. Daar hielp geen lieve moeder aan.

Voor een kleine vitrine, waarin twee zwart geverfde gipsen beelden stonden uitgestald, hield hij stil. Het waren scheppingen van een amateur kunstenaar, getuige de foldertjes die erbij lagen over een stichting voor creatieve vorming.

'Toch helemaal niet gek,' dacht Richter en hij bukte om het linker werkje beter te kunnen bekijken. Het stelde een vrouw voor met een buitenproportioneel groot achterwerk die op haar knieën, ver voorover gebogen de vloer boende. Ook de van aluminium gemaakte wasdoek was bijzonder goed uitgebeeld.

Richter vroeg zich af hoeveel ze voor zoiets wilden hebben, als het überhaupt te koop was. Amateurwerken waren soms voor een habbekrats te krijgen en deden dikwijls niet onder voor de 'hogere kunst' van academici, hoewel je daar wel netjes een begeleidend schrijven bij kreeg over wat het moest voorstellen.

Hij hield zijn blik nog even op het beeld gericht, tot hij in de spiegeling van de vitrineruit zag dat hij van een paar meter afstand werd gadegeslagen door een onbekende gestalte. Wat had dat te betekenen? Hij voelde zich niet meer op zijn gemak. 'Ik moet hier weg, en vlug ook,' dacht hij. Wat was wijsheid? Plotseling de benen nemen en net te doen of hij de ander niet had gezien, was te doorzichtig. Richter ging langzaam rechtop staan en schikte de kraag van zijn jas, terwijl hij via de ruit de identiteit van de onbekende probeerde te achterhalen. Het betrof een wat oudere man, niet te groot en met een normaal postuur. 'Die kan ik wel aan,' dacht hij en draaide zich langzaam om.

'Ha, meneer houdt ook van kunst,' riep de man hem vriendelijk toe. Hij deed meteen een paar stappen naar voren. Nu pas merkte Richter dat de man niet alleen was. Aan zijn rechterhand voerde hij een klein jongetje mee dat gezien de leeftijd van de man – Richter schatte hem begin zestig – waarschijnlijk zijn kleinzoon was.

'Jawel, ik zag het goed,' hernam hij, nog altijd luid sprekend. 'U hebt er kijk op. Toevallig stond ik er zojuist ook even naar te kijken. Da's duidelijk niet van een kleine jongen.'

Richter knikte aarzelend, nog een beetje beduusd door het onverwacht warme onthaal. 'Het is erg fraai,' zei hij.

De vreemdeling richtte zijn blik tot het kind en lachte het toe. 'Nee joh, ik bedoel jou niet hoor, met die kleine jongen... ik bedoel dat die kunstenaar er verstand van heeft. Die weet goed wat ie doet!' De man gaf Richter een knipoog en kneep de jongen liefdevol in zijn wang, terwijl hij hem bij zijn schouders zachtjes naar de vitrine duwde.

'En hoe vind je die dan?' vroeg hij, wijzend op het andere beeld dat een lezende vrouw voorstelde en gezien de stijl van dezelfde kunstenaar moest zijn.

'Nee, die vind ik maar stom,' zei de jongen en schudde overdreven met zijn hoofd.

Ze stonden nu met zijn drieën voor de vitrine. Het gesprek leek voorbij te zijn, tot de man zich naar Richter keerde en een serieuzer gezicht trok. 'Weet u wat het is meneer,' sprak hij langzaam, 'kinderen zijn maar onwennige nieuwkomers in een wereld vol ellende, plichten en onbegrip. Ze kennen geen zorgen en daarom is hun fantasie niet gebonden aan grenzen. Maar ja, u weet hoe het gaat; die grenzeloosheid stompt op een gegeven moment af tot ze hun fantasie alleen nog geordend kunnen weergeven. Maar de basis is gelegd. Ik denk dat de kinderlijke fantasie een elementair fundament is voor de verdere ontwikkeling.'

Richter dacht snel na. De man verwachtte nu ongetwijfeld een bevestiging van zijn stelling maar een simpel 'ja, inderdaad' was wel erg magertjes na zo'n openhartig betoog. Waarom zei die vent dat eigenlijk allemaal? Had hij niet iets beters te doen dan een willekeurige voorbijganger met zijn hersenspinsels lastig te vallen? Het was vast niet kwaad bedoeld, maar veel tijd was er niet meer, zeker niet voor een dispuut met iemand die hij niet eens kende.

'Misschien vind hij het daarom wel niet mooi,' opperde Richter. 'Kunst is tenslotte het geordend vormgeven van de fantasie.'

De man lichtte zijn hoofd op en leek na te denken. Richter

besefte dat hij die laatste aanvulling beter achterwege had kunnen laten, want dit gebaar voorspelde geen spoedige afsluiting van het gesprek.

Ondertussen begon het kind uit verveling aan de hand van zijn begeleider te trekken, wat onmiddellijk diens aandacht afleidde. 'Niet doen jochie,' sprak de man. 'Opa staat nog even met deze meneer te praten.'

'Weet u,' zei de man, terwijl hij uit zijn binnenzak een sigaar haalde en er even aan rook, 'dat wat die Mondriaan gemaakt heeft, dat vind ik dus helemaal niks. Het kan best aardig zijn ter decoratie in een modern en strak interieur, maar als kunst heeft het geen enkele waarde.'

Richter keek op zijn horloge. Kwart voor twaalf. Dit moest nu echt heel snel ophouden. Maar hoe dan toch? Gewoon 'tot kijk' zeggen en weglopen of nog resoluter handelen en wegsprinten? Bezorgd staarde Richter in de verte naar zijn einddoel, de Sint-Antoniuskerk, waarvan de toren zich steeds dreigender tegen het wolkendek begon af te tekenen en de grote klok al bijna tien voor twaalf aangaf.

'Ik zie dat u ook niet overloopt van enthousiasme,' ging opa verder. 'Kijk, die Mondriaan die had na heel lang nadenken besloten om de beeldende kunst terug te brengen tot rechte lijnen en de primaire basiskleuren rood, geel en blauw. Zo ging hij weer helemaal terug naar af, begrijpt u?'

'Ja hoor, ik ken het werk van deze kunstenaar,' antwoordde Richter geërgerd. Hij had nu werkelijk geen behoefte aan een herhaling van zijn eerste lesje kunstgeschiedenis, zeker niet door deze man.

'U noemt hem toch nog een kunstenaar,' sprak de opa met een duidelijke verbazing in zijn stem. 'Dat noem ik moedig, absoluut.'

Hij bezag Richter met een wantrouwende blik, stak toen zijn

sigaar op en blies een kringetje de lucht in. Zwijgend liet hij het sigarenbandje door zijn vingers rollen en gaf het daarna aan zijn kleinzoon. 'Voor mijn grote vriend!'

'Meneer,' zei Richter gehaast, 'als u het niet erg vindt, dan ga ik nu...'

'Oh nee, maar natuurlijk,' viel de man hem in de rede, 'ik begrijp precies wat u bedoelt. Maar laat ik u dit vertellen: zoals dit ventje hier een opa heeft, zo had ook ik een grootvader. En die grootvader heeft ooit eens een soortgelijke beslissing genomen als die meneer Mondriaan. Ik zal u vertellen wat hij deed: hij nam het besluit om zijn koffie, die hij altijd met suiker en melk dronk, voortaan zwart te gaan drinken. Voelt u de overeenkomst? Ook hij keerde terug naar de basis. Maar er was één belangrijk verschil tussen die twee: mijn grootvader was een eenvoudige man met een gezond verstand. Het was echt niet bij hem opgekomen om zijn keuze met een schitterend verhaal te illustreren, zodat iedereen hem zou erkennen als een groot kunstenaar. En ook vond hij zijn daad niet belangrijk genoeg om er een revolutionair tijdschrift aan te gaan wijden. Of om een nieuwe kunststroming in het leven te roepen. En daarom meneer, daarom is dat werk van Mondriaan ook niet de moeite waard. Geloof mij maar.'

Richter zuchtte. 'Interessante theorie,' sprak hij gejaagd, 'zo heb ik het nog nooit bekeken, maar nu moet ik toch echt...'

'Ja ja, dat weet ik,' antwoordde opa Daan snel. 'Als u maar weet dat die Mondriaan een parvenu was. En dat wordt de Rembrandt van de twintigste eeuw genoemd! Een praatjesmaker was hij, meer niet.' De man leek nu zelfs kwaad te worden. 'Schandalig dat de regering daar tientallen miljoenen voor neertelt. Dan had mijn grootvader dat ook verdiend en had ik hier niet gestaan. Dan had ik wel ergens in een warm land gezeten, begrijpt u ?'

'Volkomen,' riep Richter. 'Ik moet verder. Fijn met u gesproken te hebben.' Hij zette ogenblikkelijk koers naar de kerk zonder naar de man om te kijken.

'Zonde dat u nu al weggaat,' riep deze hem nog na. 'Laten we deze conversatie later eens voortzetten.'

Maar Richter deed alsof hij niets hoorde en liep stug verder. 'Idioot,' dacht hij. Pas na een minuut waagde hij het om snel een blik achterom te werpen. Gelukkig, die lastpak was hem niet gevolgd en stond nog steeds voor die vitrine.

Hij sloeg nu rechtsaf en liep recht op de kerk af. Hoe vaak had hij daar al een mis bijgewoond, volledig of gedeeltelijk? Het moesten er veel geweest zijn, omdat men hier tenminste nog eens per maand een gregoriaanse hoogmis hield. Het afsmeken in het Latijn bleef toch een heel bijzondere ervaring, ook al begreep je er nauwelijks de helft van. Maar er ging een buitenzintuiglijke kracht van uit, die niet door verstaanbare taal vervangen kon worden. Altijd voelde je weer: hier gebeurt iets geweldigs, iets bovennatuurlijks dat voor ons, aardse stervelingen, te groot en te machtig is. Heel wat anders dan die vieringen in de eigen boerentaal. En toch wilden de meeste mensen het zo. 'Mystiek is uit de mode,' mijmerde Richter. 'Liturgische verpaupering, dat is het... dat klinkt verdorie nog mooi ook.'

Intussen had hij nog op tijd de ingang van de kerk bereikt. Rechts zaten twee dames die de kaartverkoop verzorgden.

'Eén kaartje graag,' zei Richter.

'U hebt nog geluk,' antwoordde de linker dame vriendelijk, 'veel plaatsen zijn er niet meer.'

'Fijn,' zei Richter. 'De dodenmis blijft ongekend populair, hè.'

''t Is maar hoe u het bekijkt,' merkte de andere vrouw zuur op. 'Zoekt u maar snel een plekje. Het concert kan elk moment beginnen.'

'Bedankt,' sprak Richter, terwijl hij afrekende en het plaatsbewijs en het programmaboekje in ontvangst nam. 'Een requiem moet ook op tijd beginnen. De dood zelf kent ook geen uitstel, nietwaar?'

Hij liep de kerk in en spiedde in het rond om een open plek te vinden. De kassières keken hem fronsend na.

12
Het requiem

Het programmaboekje vermeldde dat naast het requiem van Fauré nog een ander koorwerk zou worden uitgevoerd: de 'Missa Pro Defunctis' van Di Lasso. Dat was nog eens een aangename verassing, hoewel Richter zich afvroeg of het wel een gelukkig keuze was om meteen met het hoofdprogramma te beginnen. Ondanks zijn verlate komst had hij een prima plaats weten te bemachtigen. Betrekkelijk vooraan, op de achtste rij. Hij kon zich niet herinneren de kerk ooit zo vol te hebben gezien. Het requiem was inderdaad populair, waarschijnlijk omdat je tussendoor niet werd lastiggevallen met een preek over een of andere stammenoorlog in Afrika, waar het parochiebestuur geld voor wilde inzamelen, omdat die arme mensen daar vanwege die dure wapens geen eten meer konden bekostigen. En ook dat er dringend geld moest komen voor medische hulp vanwege het toenemende geboortecijfer, wat weer het gevolg was van het nijpende tekort aan anticonceptiemiddelen. Zo ging het daar, en de parochianen, die zelf van de paus geen pil of condoom mochten gebruiken, konden het gelag betalen.

Richter liet zijn blik over de marmeren zuilen gaan waarop veel ex voto's waren aangebracht. Allemaal gericht aan de heilige Maagd. Ze was de parochianen door de jaren heen kennelijk nogal welgezind geweest.

Het orkest had zich inmiddels opgesteld en stemde de instrumenten. Wat moest het voor die mensen heerlijk zijn om voor aanvang van de uitvoering even in het wilde weg te mogen blazen of onbeheerst de snaren te beroeren. Richter hield van die magische kakofonie van klanken voorafgaand aan een concert. Ze voerden hem mee naar oude kerkhoven, verlaten kloostergangen en hoerige fotomodellen in zwarte lingerie. Maar dat hield hij voor zichzelf, want dat zou toch niemand begrijpen.

Daar kwam het koor het podium op. Vrouwen en meisjes voorop, de mannen er achteraan. Het geroezemoes verstomde en het orkest zette de eerste zware toon van het requiem in. Het koor volgde met sonore zanglijnen, die zich geleidelijk van lyrisch en ingetogen naar een krachtige en indringende verklanking ontvouwden. Richter voelde een koude rilling door zijn lijf trekken. Dit was geen muziek meer, dit ging verder. Dit was pure magie. Wie dit niet kon waarderen had geen gevoel en kon maar beter dood zijn.

Terwijl Richter geconcentreerd bleef luisteren, liet hij zijn blik over de vrouwelijke koorleden gaan. Veel bijzonders zat er niet bij. Ook een tweede poging om – met een iets naar beneden bijgestelde schoonheidseis – toch nog wat leuks te ontdekken, leverde niets op. 'De kwaliteiten van de dames liggen duidelijk op het vocale vlak,' dacht Richter.

Hij sloeg het programmaboekje open, zonder de intentie erin te gaan lezen. Hoe kon het, vroeg hij zich af, dat iedereen het heel normaal vond dat al die zangers en zangeressen daar op dat podium door twee andere mensen waren gemaakt, maar dat diezelfde mensen het nauwelijks konden bevatten dat een muziekstuk als dit uit een menselijk brein was ontsproten? Tja, hoe kwam hij hier nu ineens op? Waarschijnlijk was hij de enige die daarover piekerde.

Hij wilde het programmaboekje wegleggen om zijn aandacht weer op de muziek te richten, toen hij zag dat er iets in stond over het 'Pie Jesu', het vierde deel van het requiem. Het zou worden uitgevoerd door de jonge gastsopraan Nadine Valadon. Hé, dat was een bekende achternaam. Uit de kunstwereld ook, kon Richter zich herinneren. 'Ach natuurlijk,' dacht hij, 'Suzanne

Valadon, de schilderes en moeder van Maurice Utrillo, die zo'n beetje elke straathoek van Montmartre had vereeuwigd. Zou dat meisje familie van haar zijn?' Hij herhaalde binnensmonds nogmaals de naam Valadon. Nee, er waren niet alleen connecties met Suzanne. Hij had die naam vaker gehoord. Wie van de mensen die hij kende of over wie hij had horen spreken droeg die fraaie achternaam nog meer? Richter kon er zo gauw niet opkomen. Wat maakte het ook uit? Belangrijker was dat het jonge gastsopraantje, afgezien van haar zangkunsten, misschien qua uiterlijk wat meer kleur aan het gezelschap zou geven. Het requiem van Fauré duurde maar betrekkelijk kort, nog geen veertig minuten, en het vierde deel zou niet lang meer op zich laten wachten.

De adempauze na het 'sanctus' nam wat langer in beslag dan de voorgaande onderbrekingen. Nadat de laatste klanken uit de ruimte waren weggevloeid, bezag de dirigent een ogenblik zijn koor en orkest, wendde zich daarna tot de voorste bank en nodigde met een summier handgebaar iemand uit om naar voren te komen. Er stond een meisje op met lang, golvend haar, in een blauwe avondjurk die haar vrouwelijke vormen fraai omlijnde. Het leed geen twijfel dat dit Nadine Valadon moest zijn, stelde Richter vast, hoewel het hem wel een beetje vreemd voorkwam dat de soliste gewoon tussen het publiek had plaatsgenomen en niet vanachter de coulissen te voorschijn was gekomen. 'Ze zit daar natuurlijk met haar moeder die heel erg trots op haar is,' dacht hij.

Het meisje knikte beleefd naar de dirigent en liep naar een centrale plaats vooraan op het podium. Daar draaide zij zich naar de bezoekers en hief haar gezicht op naar het orgel boven de ingang, in afwachting van de begintonen.

Richter dacht nog aan die achtergebleven moeder toen, als

door een plotselinge klap in zijn gezicht, het gezicht van het meisje tot hem doordrong. Droomde hij? Nee, dit kon niet waar zijn... Zijn ogen begonnen te fonkelen en hij voelde zich dronken worden in zijn hoofd. Daar, op nauwelijks vijftien meter van hem verwijderd stond Madeleine, het meisje uit de bakkerij. Die luttele seconden van gisteren waren voldoende geweest om haar duidelijk te herkennen.

Zijn hart begon sneller te kloppen en het kneep zijn maag dicht toen hij zich realiseerde dat hij haar niet alleen onverwachts had teruggevonden, maar dat zij ook binnen enkele tellen voor deze volle kerk het 'Pie Jesu' zou gaan zingen. Hij probeerde te ontdekken wat er precies in hem omging, maar kwam niet verder dan de gedachte dat er zich iets van een grillig en onnaspeurlijk lot in hem had voltrokken. Het liefst had hij, zoals in een strip-boek, als een bezetene over al die aandachtig afwachtende koppen naar voren willen sprinten, maar het lukte hem ondanks alles zijn kalmte te bewaren. 'Morgen laat ik ook een ex voto op die zuil plaatsen,' dacht hij.

Het orgel had ondertussen ingezet en Madeleine begon te zingen. Het leek alsof zij zich met haar grote opgerichte ogen volstrekt onbewust was van het muisstille publiek en dat zij haar smekende zang uitsluitend tot Onze-Lieve-Heer zelf richtte. Zelden had Richter iemand met zoveel inleving en overgave zien optreden. Alsof zij een brug wilde slaan naar een Italiaanse opera.

Nog altijd betoverd door haar verschijning en ontroerd door haar engelenstem, nam Richter een iets ontspannener houding aan. Voor het eerst sinds zeer lange tijd was hij gedachteloos. Overrompeld door het bijna onmogelijke dat uitgerekend hier, in dit godshuis mogelijk bleek te zijn, waren alle overpeinzingen die voortdurend gewild of ongewild door zijn hoofd spookten tot zwijgen gebracht.

Af en toe staarde Madeleine over de hoofden van de aanwezigen heen, zonder dat er sprake was van werkelijk contact. Richter probeerde, door haar voortdurend recht aan te kijken, erop aan te sturen dat hun blikken elkaar zouden ontmoeten, maar hij moest vaststellen dat het meisje in een schijnbaar hemelse extase verkeerde en niet door een gewone sterveling van haar stuk kon worden gebracht. Zo moest het ook geweest zijn toen Bernadette Soubirous, het herderinnetje uit Lourdes, in het bijzijn van honderden nieuwsgierigen de verschijningen van de heilige Maagd had beleefd, overwoog hij. 'Two souls, so near and yet so far,' sprak hij onhoorbaar. Hij vroeg zich af of hij er bedroefd om moest zijn, of dat het pure genade was dat hij dit allemaal mee mocht maken.

'Ze heet helemaal geen Madeleine,' prevelde Richter, het meisje scherp in het oog houdend. 'Ze heet Nadine. Nadine Valadon.' Hij merkte dat er iets in hem veranderde. Langzaam werd het hem duidelijk dat er zich een nieuwe werkelijkheid aan hem begon te openbaren. Niet langer was dit het meisje dat zich zwijgend, als een geheimzinnige prinses ergens ver weg in zijn gedachte schuilhield. Zij was uit zijn geest gestapt en tastbaar geworden als een schilderij dat eerst louter als idee bestond maar nu was voltooid. Hij wist haar naam. Haar werkelijke naam. Dat maakte haar wereldser. De mythe was vervaagd, maar had niet aan mystieke kracht ingeboet. Richter blies een lang ingehouden adem uit. Het 'Pie Jesu' was afgelopen.

Nadine begaf zich na haar optreden terug naar de voorste bank. Terwijl het orkest met het melodieuze 'Agnus Dei' aanving, stelde Richter vast dat zij inderdaad naast een vrouw had plaatsgenomen. Was zij echt met haar moeder gekomen? Hij rechtte zijn rug om de vrouw beter in het vizier te krijgen en kon nog net zien dat zij haar hoofd zijwaarts naar Nadine keerde en bewonderend naar haar glimlachte. Richter herkende haar ogenblikkelijk als de eigenaresse van de bakkerij die hem gisteren had geholpen. 'Jezus nog aan toe,' fluisterde hij bijna hardop. 'Het zal toch niet waar zijn dat het haar moeder is.'

Ineens wist hij ook weer waar hij die naam Valadon van kende. Inderdaad, zo heetten de eigenaren van die bakkerij ook. Ze hadden pas nog in de krant gestaan omdat ze een prijs voor de beste banketbakker in de wacht hadden gesleept. Nadine was dus familie van hen, maar wilde dat gelijk zeggen dat zij een dochter was? Misschien moest hij zich er maar even niet om bekommeren en afwachten tot het requiem was afgelopen. Er was voorafgaand aan de 'Missa Pro Defunctis' een koffiepauze ingeroosterd, en wie weet kon hij dan wel naderbij komen en contact leggen. Hij besefte dat zoiets het uiterste van zijn durf vergde, maar ook dat hij geen andere keuze had. Het was nu of nooit. De tijden van dromerij en overpeinzing waren voorbij. Nu moest er gehandeld worden.

Richter voelde het bloed sneller dan ooit door zijn aderen stromen en het requiem, waarvoor hij zich zo had gehaast en kostbare tijd had opgegeven, begon hem nu te kwellen, omdat het de ontmoeting uitstelde. Het deerde hem dan ook niet dat de blazerssectie aan het slot van het 'Agnus Dei' een veel te luid fortissimo inzette, wat hem in een normale situatie behoorlijk zou hebben geïrriteerd. De drie laatste delen leken een eeuwigheid te duren en hij juichte inwendig toen na afloop het applaus losbarstte.

Het geklap was nauwelijks afgestorven of hij wipte uit de houten bank om post te vatten in het linker zijpad waar de eerste zeven staties van de kruisweg hingen. 'Veronica droogt het gelaat van Christus af', las hij snel op de voorlaatste statie waarboven een grote Romeinse zes prijkte. De tijd drong. De pauze kon hooguit een kwartier duren. Hij wierp een blik over de onrustig voortbewegende menigte. Iedereen leek aan een kop koffie toe te zijn en bij de ingang stonden vijf dames al koortsachtig te schenken. Ook op de voorste banken leek nu wat beweging te komen. Richter deed een paar stappen naar voren om beter zicht te kunnen krijgen, maar zag geen blauwe jurk of iets dat in die richting deed vermoeden. Hij werd nu gedwongen om tot brutalere actie over te gaan en schuifelde richting de plaats waar Nadine na haar optreden was teruggekeerd. Hij voelde, naarmate zijn heilige missie voortduurde, een krankzinnige bezitsdrang over zich komen. Ditmaal zou zij hem niet ontsnappen. Niets of niemand kon dat nog voorkomen. Het was zonder twijfel de heilige Maria Magdalena óf de moeder Gods zelf die hem deze genadegift had toebedeeld, en dus mocht hij bij aanname van dat geschenk geen enkele nonchalance tonen.

Aan het einde van het gangpad draaide Richter zich voorzichtig in de richting van de voorste bank en zag naast het pinnige smoelwerk van de bakkersvrouw een lege zitplaats. 'Ze is weg,' sprak een luide stem in hem. 'Verdomme, ze is weg.' Hij keek wild de kerk rond. Was dit dan het einde? Hoe kon hij haar zomaar uit het oog zijn verloren?

Maar wacht eens... wat liep daar... daar, voorin bij de koffieschenksters... was zij dat niet... ?

Zonder verder na te denken verwijderde Richter zich van de eerst rij en begaf zich zo snel als de drukte het toeliet naar de ingang. 'Dat ze zich zomaar tussen het publiek begeeft,' dacht hij. 'Ze is heel eenvoudig, hoogmoed is haar onbekend.'

Hij knoopte zijn jas iets losser. Hoe leek hij eigenlijk? Kon hij Nadine, die in het middelpunt van de belangstelling stond en zich voor deze gelegenheid in zo'n prachtig avondtoilet had gehuld, in deze hoedanigheid zomaar aanspreken? Het vormde een zorgwekkend onderdeel van de missie. De eerste indruk moest goed zijn. Was die slecht, dan kon hij alles vergeten. Dan was de zaak verloren.

Maar wat was er eigenlijk mis met die jas? Hij moest zichzelf nu niet gaan ontmoedigen. Het was helemaal geen ouderwets model, eerder vlot en 'casual' en dat witte overhemd stond er eigenlijk heel mooi onder. 'Een gelukstreffer,' dacht Richter. 'Een wit overhemd doet het altijd goed. Vrouwen zijn veel conservatiever dan ze zelf willen geloven.'

Aangemoedigd door dit nieuwe zelfvertrouwen liep hij nu langs de plaats waar de koffiedames handen tekort kwamen om iedereen te bedienen. Dat was een goed teken: hoe drukker het was, des te langer zou de onderbreking duren, wat weer leidde tot meer tijd voor het slagen van het actieplan. Hij was inmiddels vlak bij Nadine gekomen en kon haar nu goed zien. Ze leek toch iets ouder dan hij haar op het eerste gezicht had geschat. Ze was geen zeventien meer. Eerder begin twintig. Haar lichaam had de lenigheid van de jeugd, zonder op een meisjeslijf te lijken en het perfect gecoiffeerde haar verraadde haar klasse. Er moesten tal van mannen zijn, jong en oud, die haar begeerden en dronken van verliefdheid voor haar wilden kruipen, zolang zij maar aan haar zijde mochten vertoeven. Haar slanke middel werd geaccentueerd door haar nauwsluitende jurk die naar onder toe weliswaar iets wijder werd, maar toch niet volledig haar ronde billen kon verhullen. Nu ook zag Richter weer haar ogen die hem gisterochtend zo van de wijs hadden gebracht en het afgelopen etmaal niet uit zijn gedachten waren verdwenen.

Hoe moest hij nu te werk gaan? Hij stond nog steeds op enkele passen van haar verwijderd en overdacht wat hij moest doen. Het leek erop dat ze niet in het gezelschap van iemand anders was en gewoon alleen naar voren was gelopen om koffie te halen. Beter kon het niet. Hij haalde diep adem en stapte op haar af.

'Als Fauré had geweten dat jij zijn 'Pie Jesu' zou zingen, had hij het tweemaal zo lang gemaakt,' sprak Richter op gemoedelijke toon.

Het meisje keek op en glimlachte. 'Dank je wel,' antwoordde ze, 'het ging inderdaad wel goed, dacht ik zelf.'

'Goddank spreekt ze me met je en niet met u aan,' dacht Richter. Zag hij er dan toch nog zo jong uit?

'Treed je vaak op?' vroeg hij, iets naderbij komend. 'Je klinkt geoefend. Ben je professional?' Twee vragen achter elkaar was wel niet zo best maar de woorden waren goed. Vooral dat 'professional'. Veel beter dan 'beroeps', wat ook in de richting van raamprostitutie of de landmacht kon wijzen.

'Ik studeer nog aan het conservatorium,' zei Nadine, zonder er verdere bijzonderheden aan toe te voegen.

Richter dacht een buitenlands accent in haar stem te horen maar kon het niet duidelijk plaatsen. Als ze de dochter van die ouwe tang was en dus hier in de stad woonde, hoe kwam zij daar dan aan?

'Maar ik hoop er wel in verder te kunnen gaan,' vervolgde het meisje. Haar ogen keken hem vragend aan. 'Wie jou niet aanbidt is gestoord,' dacht Richter. Haar blik had iets adellijks, alsof ze een nazaat was uit een oud geslacht van graven, markiezen en baronnessen. Maar deze blik had ook iets fataals en onweerstaanbaars.

'Je moet altijd in je idealen blijven geloven,' sprak Richter kalm, alsof hij uit een hip damesblad citeerde. 'Talent gaat vaak verloren omdat mensen zichzelf miskennen.'

Nadine glimlachte.

'Ben je ook actief in de muziek?' vroeg ze. Haar vraag klonk wat onbeholpen voor iemand van het conservatorium, maar had juist daarom iets bekoorlijks.

'Nee hoor,' antwoordde Richter, 'althans niet op de manier waarop jij dat doet.' Hij voelde dat het gesprek de goede kant op ging. Moest hij nu gelijk over zijn kunstenaarschap beginnen of was dat iets voor later? Hij twijfelde. Vóór hem begonnen veel mensen hun plaats al weer op te zoeken. Wilde hij nog iets bereiken dan moest het gauw gebeuren. Niet lullen maar poetsen, daar ging het om.

'Ik bedoel: niet in muziek,' ging hij verder. 'Een andere kunstvorm. Beeldende kunst.'

Nadine keek hem belangstellend aan. 'Werk je in een atelier?' vroeg ze.

'Nou ja, soms,' begon Richter aarzelend, 'eigenlijk ben ik op zoek naar een nieuwe werkruimte. Ik moet dit weekend foto's gaan maken van een aantal doeken voor een expositie die binnenkort gehouden wordt en daarna wil ik gaan uitkijken naar een geschikte plek.'

'Ik ben dol op kunst, weet je,' zei Nadine geestdriftig. 'Wat voor werk maak je?'

'Het moet niet gekker worden,' dacht Richter. 'Ik hoef er amper moeite voor te doen. Ze is niet alleen mooi, maar nog aardig ook.' Dit kon toch niet alleen het werk van de twee Maria's zijn? Hier moesten meer heiligen achter zitten. Bernadette van Lourdes? Ja, die zeker. En Treesje van Lisieux misschien ook wel. Die zat wel vaker in de coalitie, enerzijds uit nieuwsgierigheid maar ook omdat ze het gewoon fijn vond om mensen gelukkig te zien. 'Sta me bij dames,' dacht hij, 'ik heb jullie bijstand meer dan ooit nodig.'

'Ik richt me niet echt op een bepaald onderwerp,' antwoordde Richter op zelfbewuste toon. 'Alles wat ik boeiend vind pak ik aan.' Hij pauzeerde even om zijn woorden wat kracht bij te zetten. 'En daarnaast zijn er natuurlijk de opdrachten. Dat moet wel om alles te kunnen financieren.'

Nadine knikte. Ze leek iets te denken. Richter gebaarde naar een van de koffiedames dat hij graag twee koffie wilde bestellen. Tot zover was alles boven verwachting gegaan, hoewel... het was natuurlijk wel leuk en aardig allemaal; Nadine had zich verrassend spontaan opgesteld en voor zijn kunstenaarschap een bijna kinderlijke belangstelling getoond, maar wat was hij nu eigenlijk van haar te weten gekomen? Strikt genomen niets, behalve dat zij een muzikale carrière ambieerde, wat in haar geval en gezien haar leeftijd vrij normaal was. Hoe nu verder? Hoe graag hij ook wilde, hij moest koste wat kost niet over die bakkerij beginnen. Je kon niet aan een jongedame die er zo betoverend uitzag en net nog een bomvolle kerk in vervoering had gebracht, vragen of ze soms op zaterdag broodjes stond te verkopen. Dan kon je je maar beter gelijk verhangen. En wat voor nut had het? Hij had haar toch zelf in die winkel gezien? De feiten

waren bekend. Wilde hij meer weten over haar familieband met de Valadons, dan moest hij het over een andere boeg gooien.

Richter nam de koffie aan en telde het verschuldigde bedrag uit. 'Alsjeblieft,' zei hij tegen Nadine, terwijl hij haar het plastic bekertje aanreikte. 'Daarvoor staan we hier tenslotte.'

'Lekker, dank je,' zei ze zacht. Zijn hand raakte bij het aangeven even die van haar aan. Hij huiverde. 'Lieve God,' sprak hij fluisterend tegen zichzelf. 'Die heeft werkelijk alles wat een man behaagt.'

'Zei je iets?' vroeg Nadine.

'Nee, ik was even in gedachten,' antwoordde Richter zo onschuldig mogelijk. Het meisje was, na de koffie te hebben aangenomen, iets anders gaan staan, waardoor Richter haar nu wat meer van de zijkant kon bekijken. Zijn blik zocht werktuigelijk naar haar borsten. Haar bh'tje tekende zich fijntjes af onder de blauwe jurk. Het leek een bescheiden, maar deugdelijk modelletje dat haar fier naar voren stekende meidenperen stevig in bedwang hield.

'Ik heet Adriaan,' vervolgde Richter. Hij twijfelde of hij haar een hand moest geven, maar besloot daar toch van af te zien. Handen schudden was een mannelijke aangelegenheid. Een symbool voor kameraadschap. Een vrouw gaf je alleen een hand als je aan haar werd voorgesteld. Niet als het gesprek al gaande was.

'Jouw naam weet ik natuurlijk al,' deelde hij ten overvloede mede. 'Zit je op het plaatselijke conservatorium? Ik heb daar erg goede verhalen over gehoord.'

'Nee hoor, niet hier,' antwoordde Nadine. Er klonk een lichte verbazing in haar stem. 'Het is dat ik tijdelijk bij mijn oom en tante verblijf. Die hebben hier een winkel in het centrum. Ik zou tot na het requiem bij ze blijven logeren en dan weer terug naar huis gaan. Ik woon niet hier. Ik woon in Parijs. Mijn vader is van Franse afkomst en hij wilde op een gegeven moment terug. Daarom zijn we drie jaar geleden naar Parijs verhuisd. Daar studeer ik dus ook.'

Het leek of alle aanwezigen plotseling zwegen. Het bericht dat zo ver weg woonde was bij Richter als een bom ingeslagen. Hij voelde een onstilbare droefheid over zich komen. Was alles dan voor niets geweest? Eigenlijk kon hij maar beter dood zijn.

Tegelijkertijd drongen zich twee tegenstrijdige gedachten bij hem op. Het gunstige was natuurlijk wel dat zo'n Parijse meid je niet probeerde over te halen om samen een dagje naar een 'schattig' dorpje te gaan waar ze nog kaas 'met de hand' maakten, en dat ze je niet de kop gek zeurde voor een midweek in een of ander opgefokt recreatiepark. Maar Jezus nog aan toe, helemaal uit Parijs... Hoe bekoorlijk die stad ook mocht zijn, en hoe goed Richter haar ook kende, daar ging je niet even elk weekend naar toe.

De enige meevaller leek nog te zijn dat Nadine dus niet de dochter maar 'slechts' het nichtje was van het bakkersechtpaar Valadon, zodat er geen directe bloedband bestond met het sekreet dat vooraan nog altijd stijf op haar plaats zat.

Haar eigen moeder moest vast en zeker een stuk liever en knapper zijn. Maar wat had hij daaraan als beiden zo'n eind weg woonden?

'Je gaat weer terug?' vroeg Richter op wanhopige toon.

'Vanavond,' antwoordde Nadine beslist. 'Mijn trein vertrekt om kwart over zeven, dan ben ik nog vóór middernacht op Gare du Nord.'

Richter voelde zich ellendig en mistroostig, maar hij besefte dat hij daar niets van mocht laten merken. Zolang er leven was, was er hoop. En langs de zijlijn stond die club van vier vrouwelijke heiligen hem nog steeds met verenigde krachten aan te moedigen. Hij moest zich dapper houden en zich niet door bitterheid laten overmeesteren. Om er nu als een treurwilg bij te gaan staan, daar kocht hij niets voor.

'Ik houd van Parijs,' sprak hij, om toch maar wat te zeggen. 'Ik heb iets met het achtste arrondissement. De place de la Madeleine, als het regent... Al die mensen met opgestoken paraplu's... dat is een beeld dat voor mij onafscheidelijk met Parijs is verbonden.' Hij wist niet goed waar hij met dat gezwets precies heen wilde, maar voorlopig was de conversatie weer even gered.

Nadine knikte. 'Weet je wat mij opvalt?' zei ze met enige opwinding in haar stem, 'Ik woon in Saint-Germain, aan de andere kant van de Seine, en het lijkt net of de zon bij ons veel vaker schijnt dan op de rechteroever, maar dat verbeeld ik me vast.'

Richter zocht naar een antwoord om het gesprek gaande te houden, maar kon zo gauw niets bedenken. Om nu te vragen waar die woning zich precies bevond, leek hem ongepast. Dat kon enerzijds blijk van belangstelling geven, maar Nadine kon het ook opvatten als een listige poging van een potentiële stalker om zo veel mogelijk informatie over haar te vergaren. Waakzaamheid bleef geboden. Hij moest zijn woorden zorgvuldig blijven kiezen en tegelijk een zekere spontaniteit proberen te bewaren. Ook nu, hoewel hij langzaamaan het gevoel kreeg dat hij niet veel meer te winnen of te verliezen had. Het was een kwestie van koorddansen met geveinsde argeloosheid, daar kwam het eigenlijk op neer.

Maar was het al niet te laat? Richter wierp een blik de kerk in en stelde vast dat de meeste mensen naar hun plaatsen waren teruggekeerd. Hij begreep dat hij er een eind aan moest draaien. Wie weet wilde ze na afloop nog wel wat verder praten of ergens wat drinken. Hoewel, als ze om kwart over zeven met de trein mee moest, dan...

Hij wilde juist aan zijn slotwoord beginnen, toen Nadine hem zacht bij zijn arm vatte en zei: 'Ik denk dat het tijd wordt om terug te gaan.'

'Ik denk het ook,' antwoordde Richter. De woorden waren eruit voor hij er erg in had. Nadine's stem klonk nog na in zijn hoofd. Die ontwapenende stem die iets vertrouwds had, alsof hij haar al langer kende dan in werkelijkheid het geval was.

Ze begaven zich samen via het middenpad terug naar hun

plaatsen.

'Moet je zo dadelijk nog op?' vroeg Richter toen ze bijna bij 'zijn' achtste rij waren aangekomen.

Nadine schudde haar hoofd. 'Nee, vandaag niet meer,' zei ze. Ze glimlachte weer en liep alleen door naar voren. Nog eenmaal keek ze om, hield twee gekruiste vingers omhoog en zei toen: 'Dag.'

Richter stond roerloos. Wat had dat nu weer te betekenen? Wilde zij hem een bepaald teken geven of was dat handgebaar onder Parijse jongeren gewoon een trendy manier om 'salut' te zeggen? Hij ging zitten en dacht na. Er was meer. Er was nóg iets dat door een geheimzinnige nevel was omgeven. Hoe kwam het toch dat hij de stem van Nadine, ondanks dat hij haar nooit eerder had gesproken, op de een of andere manier herkende? Waar en wanneer had hij die stem eerder gehoord? Uit alle macht probeerde hij naar aanwijzingen uit het verleden te zoeken, maar het enige dat hij zag, waren flitsen van beelden: van Nadine in de banketbakkerszaak, het beeldje van Maria Magdalena, de vrijdagavond met Kristien, het stadspark, het onvoltooide schilderij, opnieuw Nadine zoals ze op het podium stond, in die mooie blauwe jurk...

Bij die laatste gedachte voelde Richter dat hij een kernpunt had geraakt. Dat hij plotseling dieper tot het geheim was doorgedrongen. Die jurk... die helderblauwe jurk... dat blauw... lag daar de sleutel?

Opeens wist hij het: het was niet alleen die stem die hij al eerder had gehoord, maar ook dat blauw, dat hij nu duidelijk herkende als dezelfde kleur van dat langwerpige voorwerp dat hij eergisternacht in zijn droom had gezien en dat zich in een drukke ruimte bevond. Had daar geen vrouwenstem geklonken die hem bemoedigende woorden had toegesproken? Een zachte stem, die hem toen nog onbekend voorkwam, maar die – jazeker, zo was het – van niemand anders dan Nadine was geweest? En die ruimte... kon het zijn dat die ruimte, omdat er ook zoveel mensen waren, soms een stationshal was geweest?

Hij werd bevangen door een sterk vermoeden dat er iets zeer ingrijpends en onafwendbaars in zijn leven zou gaan plaatsvinden. Het een hield verband met het ander en dat er beduidend meer achter dit schijnbare toeval stak, daar twijfelde Richter geen moment aan. Welk verborgen geheim lag er besloten in deze bijzondere samenloop van gebeurtenissen? Dat viel nu misschien nog niet te zeggen, maar er waren tekenen die er niet om logen. Had zijn droom profetische waarde en zo ja, wat wilde die droom dan zeggen? Hoe moest hij dat zien? Had Faurés requiem, die plechtig dodenmis, zojuist zijn afscheid van een tijdperk aangekondigd of hadden die zuivere klanken, als een ouverture, de overgang ingeluid naar het nieuwe en het geweldige dat weldra komen zou?

'Ik pieker me suf,' dacht Richter. 'Dat komt er nou van als je zonder drank van huis gaat.'

13
Het besluit

Of het lot hem slecht gezind was geweest, wist Richter niet, maar dat het onverbiddelijk was, stond voor hem als een onwrikbaar feit vast. Want ondanks zijn voornemen om het gesprek met Nadine na de muziekuitvoering voort te zetten, was het allemaal heel anders gelopen dan hij gehoopt had.

De 'Missa Pro Defunctis' was foutloos uitgevoerd en erg mooi geweest. Of beter gezegd: Richter had de harmonieus verweefde stemmen als een aangename weergalm ervaren, want van aandachtig luisteren was weinig meer terecht gekomen. Voortdurend waren zijn gedachten bij Nadine geweest. Met het doordringende beeld van haar gekruiste vingers voor ogen had hij, aan de hand van hetgeen zij hem had gezegd, geprobeerd haar diepere wezen te doorgronden en zich het hoofd gebroken over hoe hun conversatie zou moeten worden hervat.

Maar toen het eindelijk zover was, en hij ook de tweede dodenmis van de dag had doorstaan, was Richter bij het verlaten van de kerkbanken hopeloos vast komen te zitten tussen een bejaarde vrouw, die in de drukte het spoor bijster was geraakt en niet meer wist of ze voor- of achteruit wilde, en een dikke man die eerst op zijn gemak een sigaar had gezocht in een van zijn binnenzakken en daardoor de doorgang voor zeker twintig bezoekers had versperd.

Toen Richter eindelijk het zijpad had bereikt, was het om hem heen al zo druk geworden dat hij zich noodgedwongen door het traag voortbewegende publiek had moeten laten meevoeren naar de uitgang.

Nog een hele tijd was hij buiten blijven wachten tot de laatste zielen druppelsgewijs het kerkgebouw hadden verlaten, maar

Nadine had hij niet meer gezien. Ze moest net vóór hem of via de zijuitgang met haar tante zijn vertrokken.

Toen het zacht was gaan regenen, had Richter het wachten opgegeven en was hij de Mariakapel binnengegaan. Hij had zich er nog net toe kunnen brengen een kort gebed te doen bij het beeldje van Maria Magdalena, maar overtuigend was het allemaal niet geweest. Hij voelde dat er zich een wending in hem had voltrokken die onomkeerbaar was. De ontmoeting met Nadine had ervoor gezorgd dat hij aan alles was gaan twijfelen. Zijn leven, zijn werk, normen, waarden, overtuigingen en denkwijzen; alles was in een volkomen nieuw daglicht komen te staan en leek zijn oude betekenis te hebben verloren. Richter merkte dat het bestaan hem nu lichtvoetiger, bijna probleemloos toescheen, alsof er een soort van lente in zijn bloed ontlook. Alles zong in hem en in een vlaag had hij zelfs de geur van rozenbloesem waargenomen. Kon zijn nieuwe geestestoestand hem in staat stellen om geuren waar te nemen die symbolisch met die psychische gesteldheid verband hielden? Was dit zelfbedrog of een raadselachtig motief van het menselijk bestaan dat zich in al zijn hevigheid aan hem had geopenbaard? Het bleef gissen. Maar door alle commotie was hij wel een uur later dan gepland thuisgekomen.

Het was inmiddels even na half vier. Richter schonk een glas wijn in, ging bij het venster staan en staarde enige tijd naar het huis van Kristien. Daarna wendde hij zijn blik weer naar binnen. Het sombere weer en de beperkte lichtinval vervulde de kamer met een doodse atmosfeer waarin de tijd leek stil te staan. Strikt genomen was dat ook zo, want de wandklok in zijn woonkamer gaf al maanden geen actuele tijd meer aan, sinds Richter de batterij had verwijderd, uit ergernis over het monotone getik dat de stilte in de kamer alleen maar benadrukte.

Ook het donkere dressoir met de antieke crucifix en dat half vergane, nog altijd te taxeren boek met predicaties, leken de dood aan te kondigen. Eigenlijk was er maar heel weinig dat in deze bovenwoning tot vrolijkheid stemde, stelde Richter vast. En dat schilderij, hoe stond het daarmee? Hij bekeek het vanaf zijn post aan het raam en constateerde opnieuw dat er nog veel aan ontbrak.

Met een zucht liet hij zich in de leunstoel zakken. Ineens besefte hij hoe eenzaam hij eigenlijk was en wat voor kleurloos bestaan hij leidde. Zulke momenten van zelfmedelijden had hij wel vaker, maar nu was het anders. De eenzaamheid die hij nu voelde bedreigde hem, en hij kreeg behoefte om er voor eens en altijd mee af te rekenen.

'Het komt allemaal door haar,' fluisterde hij, op zijn lip bijtend. 'Die meid heeft me helemaal gek gemaakt... dat mooie natuurkind, dat onbezoedeld is, onbevlekt en rein van zeden...' Ja, er waren genoeg woorden voor te vinden.

Hij sloot de ogen en dacht terug aan het moment dat Nadine in het middenpad nog eenmaal achterom had gekeken en die twee gekruiste vingers omhoog had gestoken. Was dat werkelijk een teken geweest? Had zij hem daarmee willen zeggen dat hij haar moest volgen op haar levenspad? Misschien had ze er het aloude 'twee zielen, één gedachte' mee willen uitdrukken.

Hoe dan ook, het was een handeling die iets positiefs inhield, dat was volgens Richter wel zeker, al bleef de precieze toedracht onduidelijk. 'Je bent onnavolgbaar, Nadine,' fluisterde Richter.

Inderdaad, Nadine heette ze. Wat een geluk. Zelfs haar naam had ze mee. Hoeveel mooie vrouwen waren er niet die verschrikkelijke namen droegen omdat ze waren vernoemd naar een oude opoe waar vader of moeder vroeger zo veel van had gehouden? Je wist af en toe niet wat je hoorde.

Maar Nadine was een hele mooie naam, vond Richter. En terwijl hij daaraan dacht, kreeg hij een vreemd vermoeden die naam al eens eerder te hebben gehoord. 'Nadine Valadon', die naam had iets eeuwigs alsof zij altijd al had bestaan. Richter kende de theorie dat de mens al vóór zijn geboorte het aardse leven grotendeels, zo niet volledig kon inrichten en bepalen wat er op cruciale ogenblikken ging gebeuren. Was hem misschien toen al de naam 'Nadine Valadon' genoemd als zijn voorbestemde muze en levensroeping? Hij kreeg er een goed gevoel over. Als hij inderdaad voor dit naargeestige leven had gekozen, dan had hij er kennelijk ook op voorhand voor gezorgd dat het op een gegeven ogenblik wat leuker moest worden. En daarom had hij toen besloten om zich na dertig jaar van eenvoud en dienstbaarheid een mooie jonge meid cadeau te doen. Zo zat het.

Hij stond op en ging naar de keuken om wat te eten. 'Kunst en gepeins doen hongeren,' mompelde hij, terwijl hij de drie kazen uit de koelkast haalde. Net als gisteren voelde hij er weinig voor om uitgebreid te gaan koken. Met een bord vol kaas, stokbrood en een appel liep hij terug naar de kamer.

'Over enkele uren gaat die verdomde trein,' dacht Richter. Hij nam een stuk Cantal en beraadde zich over wat hij moest doen. In ieder geval moest hij geen ondoordachte besluiten nemen of zich weer eens laten leiden door bevliegingen. Het ging erom de zaak 'rijpelijk te overwegen'.

Hoe goed kende hij Nadine eigenlijk? Hij wist dat ze op het conservatorium zat, in Parijs woonde en hier een oom en een tante had. Maar daar hield het mee op. Wat voor moeder had ze eigenlijk? Had zij Nadine vroeger als klein meisje wel eens berispt of zelfs geslagen als ze stout geweest was? Richter voelde een lichte agressie opkomen. Had die moeder er soms een spartaanse opvoeding op nagehouden en haar dochter bij tijd en wijle mishandeld? Niets was onmogelijk, hoewel het rustige karakter dat het meisje had getoond niet in die richting had gewezen. 'Toch maak ik me zorgen om dat kind,' dacht Richter. 'Ze heeft gewoon iemand nodig die haar beschermt.'

Ondertussen leidde die overdenking tot niets. Hij besloot zichzelf een drankje te gunnen omdat wijn soms verhelderende inzichten gaf. Uit de nog half gevulde fles van gisteravond schonk hij in de keuken een glas in, nam er langzaam twee slokken uit en voelde dat de drank hem al snel nieuwe krachten gaf.

Maar de eigenlijke kwestie, daar waar het feitelijk om ging, die was nog maar amper aan de orde geweest. Er speelden twee zaken: aan de ene kant was daar Nadine, het meisje dat door een goede fee uit het niets tevoorschijn was getoverd en over enkele uren voorgoed met de trein naar Parijs zou terugkeren en aan de andere kant was er deze doodse bovenwoning, een opdracht die in een wurgend tempo diende te worden afgemaakt en het kwellende vooruitzicht dat hij zich komende week weer gewoon op zijn werk moest melden.

Richter pakte zijn jas, die hij bij binnenkomst slordig over de stoel had gegooid, op en hing deze aan de kapstok. Er viel een papiertje uit. Nieuwsgierig raapte hij het op en vouwde het open. Het bleek weer hetzelfde briefje te zijn dat hij vrijdag in de kapel bij zich had gestoken, maar toch las hij nogmaals de inhoud: *We planten allemaal onze eigen boom die we naar vrije keuze opkweken of laten verdorren. Het is echter deze boom waarvan we in het einde der dagen de vruchten moeten plukken.*

Hij bleef met een verweesd gezicht naar het papier staren en kreeg een vreemd gevoel. Ineens leek het of die woorden, die hij nu al voor de derde maal onder ogen kreeg, werden gevuld met zijn eigen verstopte droom. Een droom van vrijheid en totale vernieuwing. 'Het is waar,' fluisterde hij, 'ik leid een vervallen bestaan dat afstevent op een doelloze eindbestemming.'

Hij ging weer voor het schilderij van Bart en Kristien staan. Winterlandschappen, fauvistische stillevens, abstracte vogelfiguren en kleurencomposities, statige huizen, ruïnes uit de Griekse en Romeinse oudheid, portretten van heiligen, naakte danseressen en vastgebonden prostituees; dat alles en nog meer had hij in zijn leven al geschilderd. Exposities bij galeries hadden zijn werk onder de aandacht gebracht en hem inmiddels redelijk wat erkenning opgeleverd. Al tien jaar had hij naar tevredenheid opdrachten uitgevoerd. Maar met dit schilderij was het anders. En ondanks dat hij gisteravond in een artistieke opwelling een heel eind was gekomen, voelde Richter dat deze opdracht hem als een strop om de nek hing. Een strop die bij elke minuut die verstreek zijn keel verder afknelde.

Hij trok de foto van Kristien onder de wasknijper op de ezel vandaan en bekeek afwisselend haar afbeelding en het paneel. Hij was dom geweest. Diep in zijn hart had altijd al het vermoeden geleefd dat die achterlijke opdracht gedoemd was om te mislukken. Een portret van Kristien alleen dat ging nog. Dat kon zelfs een 'groots en meeslepend' werk worden. Mooi naakt bijvoorbeeld, in een verduisterd vertrek, liggend op een scharlaken divan, haar benen iets opgetrokken en de toeschouwer een uitdagende blik toewerpend. Of van achteren, staand voor een hoog venster, eenzaam uitkijkend over de schemerige stad. Zelfs was het mogelijk, maar dat vergde ijzeren moed en zelfbeheersing, om haar in die hoedanigheid samen met die brutale, jongere minnaar van haar op het doek te vereeuwigen. Of op een sofa, in een innige verstrengeling, of close-up of hoe dan ook. Dat kon – hoe verboden het ook mocht zijn – tenminste nog een archaïsche verbeelding zijn van niets ontziende hartstocht.

'Aan de ene kant kan ik best begrijpen dat je je gewillig door dat joch laat bezitten,' fluisterde Richter tussen zijn tanden, 'Hij is gewoon een bode, niets meer dan dat. Een tussenpersoon. Een brenger van heilig vuur en eeuwige jeugd. Het gaat je niet om die knaap zelf maar om wat hij je in zijn woeste wellustigheid verstrekt. Door hem, met hem en in hem. Een kwestie van leven of dood, Kristien. Zo is het toch?'

Richter ontdekte dat hij de foto van Kristien krampachtiger vastgedrukt hield. 'Er stroomt door mijn gemoed in stormend klateren een wilde zee waarop ik rijs en daal,' citeerde hij hardop uit een sonnet van Willem Kloos. Maar het was nu niet het moment om antieke verzen op te gaan zeggen. Hij had betere dingen te doen. Voorlopig zat hij met die ellendige opdracht in zijn maag.

'Ik ben bereid om je op alle manieren af te beelden,' sprak Richter in gedachte tot Kristien, 'het maakt me niet uit hoe, als het maar niet met die uilenkop is. Niet met hem erbij. Ik kán het gewoon niet.'

Hij klemde de foto met het knappe gezicht van Kristien terug op zijn plaats en deed een stap naar achteren. De angst die hij al zo lang met zich mee droeg en die met het uur sterker werd; de angst deze onzalige opdracht niet op tijd af te krijgen leek stilaan te verdwijnen en plaats te maken voor een merkwaardige berusting. Richter bracht het glas dat hij al een poosje onbewogen had vastgehouden naar zijn mond en nam er een bescheiden slok uit, zijn blik op het onvoltooide werk houdend. Voor de prijs was het best een behoorlijke wijn. Duurkoop was niet altijd goedkoop. Zo was het met alles. Ook nu ging het weer op, want het was maar de vraag of de hoge beloning die hij na aflevering van het werk zou ontvangen wel een 'goede koop' was. Met andere woorden: waren al die in eenzaamheid doorgebrachte uren en de daaruit voortvloeiende gevolgen als overmatig drankgebruik, slechte eetgewoonten, paranoïde invallen en zenuwachtig gemijmer over het wel of niet slagen van de opdracht... waren al die offers het eigenlijk allemaal wel waard?

Richter voelde een hevige afkeer tegen het portret opkomen. Moest hij dit halffabricaat niet met brute kracht vernietigen? Hij kon het met een grote bijl in stukken slaan of er met een brandende fakkel de fik in steken. 'Tot stof zult ge wederkeren,' dacht Richter, maar hij voelde dat hij door vernieling niet veel zou bereiken. Het probleem lag dieper. En juist dat dilemma lag ontegenzeggelijk in het schilderij besloten. 'Dit onvoltooide portret symboliseert de onvolmaaktheid van mijn eigen bestaan,' concludeerde Richter. Hij dronk zijn glas in één teug leeg en dacht na. Was het niet beter om het roer inderdaad resoluut om te gooien? Die vraag leek niet eens zo moeilijk te beantwoorden, want als er zich in de afgelopen jaren één geschikte mogelijkheid had voorgedaan dan was dat nu wel de ontmoeting met Nadine geweest. Een kans als deze werd zelden geboden. En wat zou hij doen als hij Nadine zomaar alleen liet vertrekken? Dan bleef het spookachtige beeld van die langzaam uit het zicht verdwijnende treinwagon hem voorgoed achtervolgen. Zou hij het zichzelf ooit kunnen vergeven en in staat zijn onverstoorbaar voort te leven met die leegte? Moest hij werkelijk alles laten voor wat het was en samen met haar op de trein naar Parijs stappen?

Geduld, gezond verstand, maar ook een laatste glas wijn konden daar wellicht uitsluitsel over geven, dacht Richter en hij liep meteen naar de keuken om zijn glas bij te vullen.

Eigenlijk waren er geen twee maar drie dingen van belang. Op de eerste plaats moest er iets worden verzonnen voor dat portret. Jammer voor Kristien, maar zo was het nu eenmaal. Er moest een geloofwaardige smoes bedacht worden om het niet te hoeven afleveren. Want Kristien was een intelligente vrouw die je niet met een lulverhaal het bos instuurde en die, getuige haar verhoogde aanbod, zeer veel waarde aan het werk hechtte. Om zomaar met de noorderzon te vertrekken zou daarom niet alleen onfatsoenlijk zijn, maar ook andere gevolgen kunnen hebben. Met een zorgelijk gezicht zag Richter voor zich hoe Kristien maandagavond, nadat hij niet was komen opdagen, nerveus naar zijn woning zou lopen, geen gehoor zou krijgen en onmiddellijk zijn naam als vermist zou opgeven in de veronderstelling dat er iets vreselijks gebeurd moest zijn. Nee, dat kon hij haar allemaal niet aandoen, ondanks dat zij vrijdagavond haar charmes ongegeneerd had misbruikt om haar zin door te drijven.

Er moest dus iets anders worden verzonnen. Een onvoorziene ramp bijvoorbeeld. Richter herinnerde zich weer de emotie die hij zo-even bij het schilderij had gevoeld. Ja, verwoesting door brand, dat was eigenlijk helemaal niet zo'n gek idee. Kristien wist tenslotte niet beter dan dat het werk zich in een atelier 'ergens' in de stad bevond. Een dergelijke vorm van overmacht was dus eenvoudig als excuus aan te voeren. Bovendien zou Kristien hem, Richter, uit medelijden misschien wel in haar armen nemen en hem troosten voor al dat werk dat hij voor niets had gedaan. Maar dan moest hij haar het slechte nieuws persoonlijk gaan vertellen, en daar was geen tijd meer voor. Nee, het kon alleen schriftelijk; met een kort briefje dat hij snel voor vertrek in haar brievenbus moest steken.

En zijn huis en zijn baan? Hoe moest dat verder als hij in Parijs zat? Ook daar moest iets op bedacht worden. Hij keerde terug naar de woonkamer en zocht op de grond tussen zijn cd's naar wat muzikale afleiding. 'Ik heb nog wel een paar spaarcenten,' dacht hij. 'In elk genoeg om voorlopig even vooruit te kunnen.'

Hij zette een cd met Concerto grosso's van Händel op en dacht verder na over de problematiek die door een plotseling vertrek naar het buitenland kon ontstaan. Over de huur hoefde hij niet in te zitten. Die kon hij gewoon vanuit Parijs laten overmaken. De onderbuurvrouw, dat vriendelijke mens, moest af en toe maar even kijken of alles nog pluis was. Als er bijzonderheden waren, kon ze die melden bij zijn hotel, waarvan hij de gegevens later wel zou doorgeven. 'Het is maar tijdelijk,' hoorde Richter zichzelf al tegen haar zeggen en eigenlijk was dat ook zo. Want hij hoefde niet voorgoed weg te blijven. Waar het om ging was dat hij Nadine nu niet mocht laten gaan zonder nader met haar te hebben kennisgemaakt. Tijdens die treinreis moest hij zich van zijn beste kant laten zien en proberen een rendez-vous te regelen. Daarna zou hij in Parijs zelf nog een tijdje – een week, een maand of misschien wel langer – nodig hebben om haar hart definitief te veroveren. Pas dan kon hij met een gerust hart terugkeren, de hele santenkraam verkopen en zich voorgoed gaan vestigen in haar stad, in haar nabijheid. Natuurlijk, er moest gewerkt worden, maar dat kon overal. En als het als serieus kunstenaar niet meteen lukte, dan maar voorlopig als portretschilder op Montmartre. Of taxichauffeur. Of als portier van een obscure nachtclub bij Pigalle. Reisleider, of iets in de horeca kon ook. Jawel, er waren mogelijkheden genoeg.

Een baan vinden zou dus wel lukken. Maar er moest nog een derde struikelblok worden overwonnen: wat ging hij de gemeente vertellen? En wat als zijn missie op een grote mislukking zou uitlopen? Wie zei dat dat mooie jonge prinsesje Nadine Valadon eigenlijk wel zat te wachten op een tragisch verliefde kunstschilder die in de verre nadagen van zijn jeugd nog een laatste slag probeerde te slaan? Richter zette de muziek wat harder en liet zich in de fauteuil neerploffen. 'Is dat zo?' sprak hij op bijna vijandige toon tegen zichzelf. 'Heb ik soms geen kwaliteiten? Ik kan hartstochtelijk liefhebben, ongelooflijk haten en weer vergeven. Kortom, ik beheers alle facetten van de liefde.'

Hij merkte dat die bespiegeling een mogelijke vertrek in een rijker perspectief plaatste. Hij stond, gewild of ongewild, aan de vooravond van een grote verandering. Altijd had hij gedacht dat het leven uit twee delen bestond: het ontwikkelen en najagen van idealen en er vervolgens na veel strijd in berusten dat de meeste niet konden worden verwezenlijkt. Maar nu dacht hij er anders over: idealen moest je behouden, je leven lang en daarnaast moest je voortdurend vernieuwen. Alleen dan bleef het leven interessant. Waren die elementen weg, dan restte niets anders dan een lange, eenzame mars die rechtstreeks op de dood afstevende, en die met een beetje pech nog wel eens een halve eeuw of langer kon duren.

Maar wat moest hij nu met zijn baan? Er moest een geldige reden voor zijn tijdelijke absentie komen. Richter probeerde een aantal geloofwaardige uitwegen te bedenken, maar kwam niet verder dan ziekteverzuim. Ziek geworden in het buitenland tijdens een kort bezoek aan Parijs. Arts geraadpleegd. Iets met de longen. Zeer waarschijnlijk een infectie. Voorlopig in bed blijven. Tijdelijk verpleegadres bij goede kennis die een hotel bezit en gelukkig nog een kamer over had. Telefoonnummer dat en dat. Zal later weer bellen. Ja, zo moest het ongeveer wel worden. Een ernstig verzwakt stemmetje opzetten en een beetje goedgelovig afdelingshoofd trapte er wel in. Helemaal risicovrij was het niet, maar moest dan werkelijk alles waterdicht zijn? Een toekomst zonder risico's was een illusie. En tenslotte was het leven ervoor om de droom te vervullen of teleur te stellen. 'Misschien wordt het wat, misschien wordt het niets,' dacht Richter, 'het is één van de twee.'

Steeds meer kreeg hij nu de indruk dat alles op zijn plaats viel.

Alsof al die uiteenlopende gedachten, ideeën en idealen die hij dagelijks koesterde zich ineens samenvoegden tot een sluitend geheel. Er leek een voleinding plaats te vinden die tegelijk het avontuur aankondigde. De schone Nadine Valadon die hem had betoverd, Maria Magdalena, de verzwegen bruid, wier mythe hem zo fascineerde en Kristien, de fatale vrouw, die hij had aanbeden en gevreesd... samen hadden zij een curieuze drie-eenheid gevormd die model stond voor de dualiteit die zijn leven beheerste. 'Eenheid in verdeeldheid,' mompelde Richter. Hij was er zich nu helder van doordrongen dat het de ontmoeting met Nadine was geweest die de uiteindelijke verzoening had gebracht. Haar verschijning had de balans hersteld en hem de moed gegeven om eindelijk zijn hart te volgen. De filosoof Kierkegaard had gelijk gehad toe hij beweerde dat het leven alleen achterwaarts kon worden verstaan, maar dat het voorwaarts moest worden beleefd. De tijd zou leren of zijn besluit goed of slecht was geweest.

'Eigenlijk heb ik hier ook niet veel meer te zoeken,' hield Richter zich voor. 'Wat ben ik? Een eenzame voorvechter van het Latijn, die in het donker de overbuurvrouw bespiedt en zich tegelijkertijd afvraagt waar het met de bouwkunst heen moet. Zoiets begrijpen ze hier gewoon niet.'

Vanuit zijn ooghoek zag hij het paneel en het gezicht van notaris Hendriks onder de wasknijper. Ook hij leek weinig begrip te tonen voor Richters ongewone gedragspatroon.

'Over jou zullen we het maar helemaal niet hebben,' sprak Richter grimmig. 'Als mijn verdere levensloop alleen van jou zou afhangen, was het allemaal een stuk eenvoudiger.' Hij stapte op het paneel af en rukte met een vinnige beweging de foto van Bart onder de wasknijper vandaan.

Ondertussen bleef het plaatje van Kristien stralend de kamer in kijken. 'Voor jou vind ik het nog het ergste,' dacht Richter. Er kwam een oprecht gevoel van medelijden in hem omhoog. Misschien zou hij nog eens in de gelegenheid komen om het haar uit te leggen. Het was tenslotte allemaal geen kwaadwilligheid geweest. Nog geen twee etmalen geleden had hij er alles voor overgehad om haar tevreden te stemmen. Maar dat was toen. Nu lagen de zaken anders.

Hij verwijderde nu ook de foto van Kristien en vroeg zich af wat hij ermee moest doen. Hier achterlaten of bij het briefje voegen waarin hij bekend zou maken dat die afschuwelijke brand het werk had verwoest? Dat laatste was niet verstandig. Dat kon het vermoeden wekken dat hij het portret nooit meer overnieuw zou willen maken, en die optie wilde Richter, met het oog op een eventuele terugkeer, graag openhouden. Goed dat hij daaraan dacht, want dat moest natuurlijk ook in die brief worden vermeld. Evenals de reden waarom hij niet persoonlijk kon langskomen om het slechte nieuws over te brengen: hij was plotseling weggeroepen wegens een sterfgeval in het buitenland.

Fraai was het allemaal niet, maar ooit zou hij het goedmaken, besloot Richter en hij drukte het glanspapier met Kristiens afbeelding tegen zijn borst. Waarom zou hij haar eigenlijk niet bij zich mogen houden, bedacht hij zich ineens? Zij behoorde toch tot zijn persoonlijke drie-eenheid? 'Je gaat mee op reis, meiske,' fluisterde hij en stak de foto bij zich.

Ja, het was een goed idee om die foto mee te nemen, al zou dat voorlopig niet leiden tot een portret van haar. Dat privilege was al aan een andere kandidaat vergeven. Richter voelde opeens een sterk verlangen om Nadine voor hem te laten poseren. 'Luister liefje,' fluisterde hij, 'ik ga een hele serie van je maken... een geweldige reeks in alle mogelijke kleuren en standen... Het zal tot mijn beste werk worden uitgeroepen... Alle galeries zullen voor ons in de rij staan... want allemaal willen ze jouw mooie smoeltje in hun etalage hebben, en terecht... die gasten weten echt wel waar ze het over hebben, toch...? We gaan veel geld verdienen, héél veel geld... En dan kopen we een mooi gerestaureerd pandje aan de Seine... een pandje dat jij hebt uitgezocht, lieverd. Je zult beroemd worden en genieten van elke dag van je verdere leven... Echt, je zult het zien... dat geloof ik... dat geloof ik echt... ja, ik geloof dat ik mijn besluit genomen heb...'

14

Ouverture

Het besef dat hij nu snel samen met Nadine naar Parijs zou afreizen, kwam Richter nog als onwerkelijk voor toen hij enige uren later de oude stationshal binnenliep. Het viel hem op dat het voor de zondag buitengewoon druk was. Waar gingen al die mensen nog heen op zo'n donkere zondagavond? Die konden toch niet allemaal op de trein naar Parijs stappen? In elk geval moest hij in deze spitstijd niet te lang wachten met het kopen van een ticket.

De stationshal had een gracieuze uitstraling. Hoge staanders van sierlijk smeedijzer ondersteunden de glazen overkoepeling, die doorliep tot aan de perrons en door gebogen dwarsbalken op zijn plaats werd gehouden. Aan elke staander waren witte glasbollen bevestigd die de hal sfeervol verlichtten en het geheel een aristocratische allure gaven. En dan was er nog het bijzondere mozaïekwerk op de granieten vloer en boven de loketten, met frivole naaktfiguren en fabeldieren. Richter kwam hier graag, gewoon om wat rond te kijken, want het was zonder meer het fraaiste gebouw dat deze door oorlogsgeweld en onzalig gemeentebeleid geteisterde stad nog rijk was.

Terwijl hij zich naar de loketten begaf, kreeg hij een gevoel van verlichting nu hij zich bevrijd wist van de beklemmende omgeving van zijn woonkamer. Maar tegelijk trok er een prikkeling van angst en verlatenheid door hem heen, vanwege het onzekere avontuur waarin hij zich ging storten. Kon hij zomaar weggaan? Was hij niets vergeten? De onderbuurvrouw had haar instructies, een duplicaat van de huissleutel en wat centen voor de moeite gehad, en de aan Kristien gerichte brief met het bericht over het lot dat haar opdracht had getroffen, had hij geruisloos in haar brievenbus gestoken. Daarna had hij zich haastig uit de voeten gemaakt, uit vrees dat zij hem kwaad achterna zou komen en argwanend om asresten en nadere details over de plek des onheils zou vragen. Het was maar beter om voorlopig uit Kristiens buurt te blijven, om erger leed te voorkomen.

Ondanks het grote aantal reizigers stond er een betrekkelijk korte rij voor het loket voor internationaal treinverkeer. Richter sloot achter aan en zette zijn reistas neer. De opvouwbare veldezel en het houten koffertje met schildergerei hield hij vast. Hoewel hij zijn zaakjes in een kort tijdsbestek had moeten regelen, was het hem gelukt wat kleding bij elkaar te vinden die hem een stoer-artistiek imago moesten geven, en die nog lekker zaten ook. Hij droeg een modieuze paarsrode jeans, een wit overhemd, zwarte schoenen met grove zool en een halflange suède winterjas met een brede, wollige kraag. Daar hielden de meeste meiden wel van, van zo'n outfit, ongeacht hun sociale of intellectuele status. Of ze nu achter de lopende band haringen sorteerden of bij het Nationale Ballet dansten; dat maakte allemaal niets uit.

Terwijl Richter mee naar voren schuifelde, had hij al een paar keer opzij en achterom gekeken, maar geen Nadine Valadon gezien. Hij overwoog dat zij misschien wat eerder was gekomen en inmiddels al op het perron stond. Dat was een aannemelijke theorie, want morgen moest zij weer naar het conservatorium en kon ze niet het risico lopen haar trein te missen. Daarom was ze extra vroeg naar het station gekomen. Ja, zo moest het gegaan zijn, meende Richter. Er was volstrekt geen reden tot wanhoop. Ondertussen was hij aan de beurt gekomen. Een loketbeambte met een stalinistische snor keek hem over zijn bril aan en vroeg naar zijn bestemming.

'Een retourtje Parijs graag,' zei Richter.

'Eén maal Paris-Nord,' herhaalde de man en richtte zijn blik op een beeldscherm. 'En wanneer wilt u teruggaan?'

Het was een vraag die Richter een hartklopping bezorgde. Dat was waar ook. Hij moest een keer terug. Bestonden er geen 'open retourtjes'? De duur van zijn verblijf hing volledig af van de vorderingen die hij ginds zou maken. Er moesten toch altijd wel plaatsen over zijn in een internationale trein? Noodplaatsen voor mensen die plotseling terug naar huis moesten omdat een familielid op sterven lag, of wanneer iemand in een spoedzitting voor de rechtbank moest getuigen. 'Zulke plaatsen zijn er,' dacht Richter, 'dat is bij vliegreizen toch ook zo?'

'Ik zou zeggen over een maand,' besloot hij. 'Maar wellicht dat ik eerder of later terugkom.'

'Dat moet u dan terplekke in Parijs regelen,' antwoordde de snor kortaf. 'Ik zal de vijfde januari voorlopig als retourdatum op uw internationale ticket vermelden.'

Richter knikte. Hij voelde dat het geen zin had om over zo'n 'open retour' te beginnen en bovendien maakte hij zich in-middels zorgen over iets heel anders. Hij was iets vergeten, iets belangrijks. Als alles volgens plan verliep, zou hij weliswaar rond middernacht bepakt en bezakt op het Gare du Nord aankomen, maar wat dan? Waar moest hij overnachten? Hij kon moeilijk aan Nadine vragen of haar ouders nog een bed over hadden. Misschien dat...

'Eerste of tweede klas?' onderbrak de snor zijn overpeinzing.

'Tweede klas,' antwoordde Richter. Het was een gok, maar hij ging ervanuit dat Nadine, omdat ze nog studeerde, zich niet de luxe van een eersteklasticket kon permitteren. Gelukkig mocht er in de trein niet meer worden gerookt, anders had hij ook nog tussen een rokers- of niet-rokerscoupé moeten kiezen. 'Maar een meisje dat zanglessen aan het conservatorium volgt, onthoudt zich natuurlijk van sigaretten,' hield Richter zich voor.

Hij betaalde, en terwijl zijn treinkaarten in orde werden gemaakt, vroeg hij zich andermaal af waar hij de nacht moest
doorbrengen. Precies tegenover het Gare du Nord stond een
bekend hotel waar je nog goed kon eten ook. Hoe heette het ook
al weer, was het niet Terminus Nord of zoiets? Voor een tijdelijk
verblijf zou dat een prima optie zijn, als het tenminste niet vol
zat, want de directe omgeving van een centraal station was
dikwijls een gewilde locatie bij toeristen en zakenlui.

Bekommerd liet hij zijn blik van het loket afdwalen. Rechts
stond een bord waarop de actuele vertrektijden stonden aan-
gegeven. Er moest in zo'n metropool als Parijs toch wel érgens
een kamer vrij zijn, dacht Richter. Taxichauffeurs hadden altijd
wel connecties die wat beschikbaar hadden, en ze reden je daar
graag met een omweggetje naartoe. Of anders moest hij maar
naar Montmartre lopen. Daar had je de hotels voor het uitkiezen
en kreeg je zelfs bij het meest armoedige logement nog een kuipje
jam bij je croissant. Inderdaad, wellicht viel het allemaal nog wel
mee en was er nog voldoende plaats. Je kon overal wel over in
gaan zitten.

'Een voorspoedige reis nog,' zei de snor. Hij schoof de
reisbiljetten onder de glazen afscheiding door en ging zonder op
te kijken verder met zijn werk.

Richter stak de kaartjes bij zich en verwijderde zich van het
loket. Door het kopen van die tickets had hij een belangrijke stap
gezet, vond hij, ondanks dat de versnelde ontwikkelingen van de
afgelopen paar uur hem nog steeds als een droom toeschenen.
'Het is net of ik in het laatste hoofdstuk van mijn eigen boek
rondloop,' dacht hij. 'Deel één van mijn memoires.'

Terwijl hij naar het perron liep, begon die laatste gedachte
hem te boeien. Er zat zeker iets romantisch in het schrijven van
memoires, maar dan moest er wel stof zijn om over te vertellen.

Had hij dat? Bij hem draaide het voornamelijk om drankzucht, Latijns geouwehoer en gemijmer over persoonlijke dualiteit. Daar viel geen onderhoudend verhaal van te maken. Voer voor beginnende psychologen misschien, die nog niet aan Jung en Freud toe waren, maar niet voor normale burgers die toch al zoveel moesten neertellen voor een simpele pocketuitgave.

Nee, aan een autobiografie hoefde hij zich niet te wagen. Een onbegrijpelijk en mistroostig boek zou het worden, over een sukkelige kunstschilder die beweerde al veel verschillende facetten en thema's te hebben aangepakt, maar ondertussen niet bij machte was – of beter gezegd: niet de discipline bezat – om een routineklus als een portret op tijd af te leveren. En wat voor bewijs had hij voor dat omvangrijke oeuvre? Nog altijd ontbrak het hem aan een goed gedocumenteerde catalogus die talloze amateurkliederaars al lang in eigen beheer hadden laten drukken.

En dan was er nog dat bizarre gegluur bij Kristiens huis. Kon je dat in een boek vermelden? Nee, stel je voor. Het moest wel verkoopbaar zijn, dus die zonderlinge fratsen konden maar liever verzwegen blijven. Net als dat dramatische geleuter over dieren die in de heilige Maagd geloofden en die theatrale obsessie voor Maria Magdalena, die waarschijnlijk ook door niemand begrepen zou worden.

Veel interessants bleef er dus niet over. Om daar een heel boek over vol te schrijven was vrijwel onmogelijk. Dat konden alleen de allerbeste auteurs, maar die wisten wel betere of leukere dingen te verzinnen om over te vertellen.

Aldus mijmerend had Richter het perron bereikt. Hij was ruim op tijd. De trein die hem naar het eerste tussenstation moest brengen was nog niet gearriveerd. Er lagen veel waterplassen op het plaveisel, het gevolg van een paar kapotte panelen in de overkoepeling. Hij zette zijn bagage neer en keek rond. Links en rechts stonden wachtende passagiers. Waar was Nadine, met haar betoverende engelenstem, die hem als een lokroep – eerst in die zonderlinge droom en later tijdens het 'Pie Jesu' – naar deze plek had ontboden? Ze had het toch duidelijk gezegd: ze zou de trein van kwart over zeven nemen. Dat was ook logisch, want die sloot precies aan op de volgende en met een latere zou ze de laatste trein naar Parijs niet meer halen.

'Nee, ik ben hier goed,' hield Richter zich voor. Hij moest rationeel blijven handelen en zichzelf niet tot last worden door de zaken weer onnodig in twijfel te trekken.

Maar wat was dat...? Zo'n dertig meter verderop, bij een automatiek, had een vrouw met grijs haar een stap naar voren gezet, waardoor Richter achter haar in het lamplicht een meisje ontdekte. Hij kneep zijn ogen samen om haar beter te kunnen zien. Ze was gekleed in een spijkerbroek en een crèmekleurig winterjack tot net boven de heup, droeg een beige schoudertas en had lang bruin haar. Zou het kunnen dat...

Hij voelde zich onrustig worden. Als die oude vrouw nu maar geen stap terug deed. Terwijl hij het meisje scherp in het oog hield, draaide ze haar hoofd een kwartslag en zag Richter zijn vermoeden bevestigd: ja hoor daar stond ze, Nadine Valadon, in levende lijve.

Hij nam zijn bagage op en liep zo onopvallend mogelijk in haar richting. Het was zaak om niet meteen al te dicht bij haar in de buurt te gaan staan, anders was het weerzien wel erg doorzichtig, overwoog Richter.

Op een strategische plek, een kleine tien meter van Nadine verwijderd, hield hij stil om de situatie rustig te kunnen overzien en om zich over de juiste aanpak te beraden.

Intussen zag hij dat Nadine zich tot de grijze vrouw naast haar richtte en haar iets meedeelde. Was ze dan niet alleen? Kende zij die vrouw? Richter meende een aantal losse zinsdelen op te vangen als: 'ga nou maar' en 'tot gauw' of iets in die geest. Hij trok de conclusie dat de onbekende vrouw Nadine had begeleid naar het station en dat, nu het niet lang meer zou duren voor de trein eraan kwam, zij elkaar gedag gingen zeggen.

Nadine legde een arm om de schouder van de vrouw die een kop kleiner was en omhelsde haar. Ze had iets bekends, dat dametje, een soort vertrouwdheid die wel vaker bij oudere mensen voorkwam. De twee namen afscheid en Nadine gaf haar begeleidster op beide wangen een zoen. De vrouw maakte nu aanstalten om weg te gaan. 'Kijk uit met instappen, meid,' riep ze, 'd'r ligt zoveel water. Pas maar op voor die plassen.'

Het duurde even tot die laatste woorden tot Richter waren doorgedrongen, maar toen, als gegrepen door een hogere macht, ging er een diepe huivering door hem heen. Opeens wist hij weer waar hij die oude dame eerder had gezien. Eergisteren, in de Mariakapel. Daar had zij gezeten, helemaal vooraan, en bij het verlaten van de kapel had zij dezelfde zin uitgesproken om hem, Richter, te waarschuwen. Dezelfde vrouw, dezelfde woorden. 'Hoe bestaat het,' mompelde hij verbijsterd.

De vrouw zich nu naar de uitgang begeven. Richter ging op zijn tenen staan om haar nog eenmaal in het vizier te krijgen en wendde, toen zij definitief uit het zicht was verdwenen, zijn gezicht weer naar Nadine.

Daar stond ze nou. Een eenzaam prinsesje tussen eenvoudig burgervolk dat zich volkomen onbewust was van het grote talent dat zich in hun midden bevond. Opnieuw viel Richter het adellijke van haar gestalte op. Als een zelfbewuste freule staarde ze naar de plaats waar straks de trein zou stilhouden. Slechts één schoudertas van gemiddelde afmeting droeg ze om haar bagage in te vervoeren, wat er volgens Richters op duidde dat het bezoek aan haar oom en tante van korte duur was geweest.

Zijn ogen volgden de lijnen van haar spijkerbroek waarin zich, veel minder suggestief dan in haar baljurk, haar ronde billen aftekenden. Ter hoogte van haar kuit zat een breed stiksel dat iets van een brutale onbezorgdheid leek te verkondigen en doorliep tot waar de jeansstof overging in haar beige laarzen. 'Een engel in hoerenkleding,' dacht Richter. 'Ik vraag me af waar ik het allemaal aan verdiend heb.'

Maar hoe zat het nu met de oude vrouw die haar vergezeld had? Het was, als je het gezond verstand liet spreken, een dwaze overweging, maar Richter kon de zonderlinge gedachte niet van zich af zetten dat de vrouw geen stoffelijke verschijning was geweest. Was zij andermaal een goddelijke bode geweest die door middel van een vrij doorzichtige toevalligheid iets duidelijk had willen maken? Of moest het allemaal als een luchtspiegeling worden afgedaan, als een perceptie van hemzelf?

Hij raadpleegde de stationsklok. Iets over zevenen. Het werd nu zo zoetjes aan toch wel tijd voor een hernieuwde kennismaking, maar om zomaar op haar af te lopen en te zeggen: 'Hallo, daar ben ik weer. Ik ga met je mee, hoe vind je dat?' dat was verbale zelfmoord. Richter twijfelde en bleef staan. 'Als ik maar niet naar drank ruik,' dacht hij ineens. Ja, dat was een goeie... Stonk hij naar drank? Hij bracht de linkerhand naar zijn mond, ademde lang uit en snoof de uitgestoten walm op. Het viel mee. Geen drankkegel of de geur van een dood vogeltje. Hooguit een gezellige cafélucht en die viel eenvoudig te verbergen door niet al te dichtbij te komen en tegen de wind in te spreken. Dat was wel het voordeel van regelmatig consumeren: je werd er zo vindingrijk van.

'Hé dat is toevallig, jij ook hier,' hoorde Richter plotseling roepen. Hij keek op en zag dat Nadine zich had omgekeerd en hem kennelijk had herkend. Ze bezag hem met een lichtte verbazing en observeerde zijn bagage.

'Ga je ook op reis?' vroeg ze.

'Ja,' antwoordde Richter. Het was het enige dat hij zo gauw kon uitbrengen. Hij pakte zijn spullen op en liep met onzekere passen naar haar toe.

'Toevallig, zeg dat wel,' hernam hij op ongemakkelijke toon, 'vanmiddag tijdens het requiem had ik geen tijd meer om je dat te vertellen. We moesten weer gauw terug zijn voor het tweede deel, weet je nog?'

Nadine tuurde hem nog steeds verwonderd aan. 'Waar ga je heen?'

'Naar Parijs, net als jij. Dat wil zeggen, als jij het goed vindt tenminste.'

'Ja hoor, geen probleem,' antwoordde Nadine met een half lachje.

Hij stond nu op amper een meter afstand van het meisje en voelde haar wezen bezit van hem nemen. Dit was het moment waar hij in het geheim naar had verlangd en dat het begin moest inluiden van een andere werkelijkheid, van nieuwgeboren bezieling en levenslust.

'Ik ga naar Parijs om te schilderen,' lichtte Richter zijn aanwezigheid toe, alsof zijn meegezeulde ezel daar al niet genoeg van getuigde. 'De intellectuele atmosfeer van Parijs zal me goed doen. Ik wil nieuwe ideeën opdoen en dat kan daar veel beter. Ik verlang naar die stad. Het is gewoon niet te vergelijken met hier. Zelfs een expositie in een galerietje van drie bij vier meter geeft je daar al het gevoel een groot artiest te zijn.'

Nadine leek verrast. 'Dus je hebt al vaker in Parijs geëxposeerd?'

'Nee dat niet, maar ik ken het artistieke milieu daar. Dat is van een andere wereld. En wil je vooruit, dan moet je naar de plek waar de scène zich afspeelt.'

'Je bent nogal wat van plan, als ik het zo hoor.'

'Ik probeer er het beste van te maken,' zuchtte Richter met geveinsde bescheidenheid. Hij moest niet gelijk te hoog van de toren blazen. Nadine moest eerst maar een beetje nieuwsgierig worden. Artistieke figuren werden in de ogen van jonge meiden interessanter als zij zich vager voordeden dan ze in werkelijkheid waren. Daarom was het goed om even van onderwerp te veranderen, zodat hij straks dieper op zijn creatieve aspiraties kon terugkomen.

'Even wat anders,' sprak hij nu op ernstiger toon. 'Klopt het dat ik daarnet een vrouw bij je zag staan? Een wat oudere dame?' Ziezo, het hoge woord was eruit.

'Mijn oma!' riep Nadine met bijna kinderlijke vreugde uit. 'Dat was mijn oma, die kwam me nog snel even gedag zeggen.'

'Zie je wel,' dacht Richter, 'ik ben heus niet krankzinnig. Dat mens bestond wel degelijk.'

'Dan heb ik jouw oma al eens eerder gezien,' antwoordde hij. 'Bij dezelfde kerk waar wij elkaar vanmiddag hebben ontmoet. In de kapel was het, afgelopen vrijdag. Ik heb zelfs nog heel even met haar gesproken.'

'Da's ook toevallig,' sprak Nadine met opgetrokken wenkbrauwen, 'daar gaat ze inderdaad af en toe heen.'

'Als het toeval is,' antwoordde Richter, bewust een geheimzinnige toon in zijn stem leggend. 'Ik denk dat het mogelijk is dat je onbewust het voorbestemde over je af kunt roepen. Sommigen noemen dat het noodlot, maar je kunt het ook zien als een vorm van genade.'

Het ging boven verwachting. Hoe vager hoe beter. Nadine leek niet echt over een antwoord na te denken, maar haar geamuseerde blik wees erop dat ze zijn aanwezigheid wel op prijs stelde.

Zo onopvallend mogelijk probeerde Richter het meisje te observeren en haar in gedachte te omschrijven. Ze was echt weerzinwekkend mooi. Heel anders dan vanmiddag, dat wel, maar niet minder aantrekkelijk. Zelfs in die vrijetijdskleding, die de charmantste diva kon degraderen tot een onbeduidend schepsel, wist ze een verfijnde grandeur te handhaven. Met haar lach kon ze iedere man betoveren en laten capituleren. Haar ranke gestalte deed stemmen verstommen, de tijd stilstaan en het lijden van de wereld verdwijnen, om plaats te maken voor visioenen van azuurblauwe hemelen, sierlijke fonteinen en klassieke tempels. 'Ik kan er zo tien sonnetten over schrijven,' dacht Richter. 'Maar ja, krijg die maar eens verkocht.'

Ondertussen twijfelde hij er geen moment meer aan: het feit dat dit prachtige natuurkind zijn levenspad had gekruist, was misschien wel de grootste genadedaad die 'de Dames van Boven' de afgelopen jaren hadden verricht. Hij dacht aan het eenvoudige beeldje van Maria Magdalena uit de kapel en er rees een dankbaar vermoeden in hem dat zij, Maria Magdalena, stilletjes de genade over hem had gebracht door dit meisje in zijn leven te laten verschijnen.

Nadine keek op de stationsklok. ''t Is wel vervelend dat we zo laat aankomen,' zei ze ineens, 'Tegen middernacht is best laat, vind je niet?'

'Aan de ene kant wel,' gaf Richter toe, 'maar aan de andere kant heeft een nachtelijke aankomst ook zijn charme en zijn voordelen.'

'Toe maar, wat zijn we weer flink,' dacht hij. Wie niet beter wist zou denken dat zijn bedje in het Ritz hotel al gespreid stond.

''s Nachts,' ging hij verder, 'komen vaak de beste ideeën en theorieën boven drijven. Dat komt je vast wel bekend voor. De nacht reikt ze aan, of zorgt ervoor dat ze loskomen uit je diepste onderbewustzijn.' Waar hij precies heen wilde wist Richter niet, maar zijn opmerking voegde in elk geval weer iets toe aan de artistieke idylle die hij rondom zichzelf aan het creëren was.

'O ja, dat ken ik,' bevestigde Nadine, 'dat je in bed ligt en dat je aan iets denkt en het dan snel wilt opschrijven, omdat je bang bent dat je het de volgende dag bent vergeten.'

'Je wilt het niet verloren laten gaan,' viel Richter haar bij.

'C'est ça,' antwoordde Nadine routinematig in het Frans, 'maar het gekke is dat die mooie ideeën de volgende dag nogal overdreven overkomen. Tenminste, dat vind ik.'

Richter zei niet gelijk iets terug. Soms was het goed om even een korte pauze in te lassen, zodat de ander de indruk kreeg gewichtige woorden te hebben gesproken, wat in dit geval ook zo was.

'Waarschijnlijk bevind je je 's nachts in een soort dichterlijke toestand en word je dan niet gehinderd door de zakelijkheid van de dag,' hernam hij het gesprek. ('En dan beweren ze nog dat God over de dag heerst en Satan over de nacht,' dacht hij. Een jammerlijke misvatting was dat, maar daar moest hij haar nu niet mee lastig vallen. Dat kwam later wel, bij de open haard in dat appartementje aan de Seine dat zij zelf zou mogen uitkiezen, en dat bij iedere minuut die verstreek dichterbij kwam.)

'Kan best zijn dat je gelijk hebt,' zei Nadine. Ze opende een zijvakje van haar reistas, haalde er een kleurloze lipstick uit en bracht een dun laagje op haar lippen aan. Daarna vroeg ze: 'Hoe ga je dat straks eigenlijk doen in Parijs? Slaap je in een hotel?'

'Voorlopig wel,' antwoordde Richter. 'Maar ik zal gauw moeten gaan zoeken naar een geschikt atelier. Ik ga morgen een oude vriend opzoeken die vlak bij de Bastille woont, in een wijkje met leegstaande fabriekshallen. Die worden vaak als werkplaats gebruikt.'

Hij was zelf verrast door die vlot verzonnen uitvlucht, hoewel dat 'oude vriend' wat ongelukkig gekozen was. Dat was de taal van iemand van veertig of ouder, en hij moest hun leeftijdsverschil niet groter doen lijken dan het al was. Gelukkig ging Nadine er niet op door.

'Hoe word je dat nou?' vroeg ze, een blik op zijn veldezel werpend. 'Ik bedoel, hoe leer je dat? Je moet er denk ik best veel van weten, toch?'

'Je bedoelt schilderen? Tja, dat is eigenlijk geen kwestie van willen worden. Het moet je bevangen. Het gaat er ook niet om wat je ervan leert, maar wat het met je doet. Of liever gezegd: wat je er van wordt. Dat zou jij toch moeten weten.' Het bleef een wonder waar hij die onzin allemaal vandaan haalde.

'Bedoel je wat de muziek voor invloed op me heeft?'

'Precies.'

'Ik vind het moeilijk om dat te beschrijven,' zei ze bedachtzaam.

'Kunst is het mooiste dat je kunt bezitten, in welke vorm dan ook,' orakelde Richter wijsgerig voort. 'Kunst dwingt je om de verste uithoeken van je hartstocht te verkennen en geeft je leven een diepere inhoud.' Hij voelde dat het nu toch echt uit moest zijn met die verschrikkelijke clichés.

'Je zou er een boek over moeten schijven,' sprak Nadine. 'Misschien kun je wel net zo goed schrijven als schilderen.'

Richter kreeg een vreemd gevoel bij die opmerking. Kon dat meisje soms gedachten lezen?

'Wie weet,' antwoordde hij luchtig. 'Misschien komt dat er ooit nog eens van.'

Inmiddels gaf de stationsklok de magische tijd van kwart over zeven aan. De trein kon elk moment arriveren. Terwijl Richter peinzend naar de wijzerplaat staarde, moest hij ineens aan de paus denken. Was die ooit wel eens net zo verliefd geweest als hij? Het kon natuurlijk best: dat een mooie vrouw volledig beslag op zijn gedachten had gelegd en dat de leegloop van de Kerk, het homohuwelijk, het condoomgebruik in Afrika en zelfs de armenzorg hem geen fluit meer konden schelen.

'Rook je trouwens?' vroeg Nadine plotseling op bijna smekende toon. 'Ik zou best nog even snel een sigaretje willen doen, maar ik heb niks bij me. Straks zitten we bijna vijf uur in de trein en dan kan het ook al niet.'

Richter begon opeens aan alles te twijfelen. Nadine, met haar gouden stem, die verheven muze, die rookte gewoon sigaretjes. Had ze nog andere verborgen lusten waar ze soms aan toegaf? Waren ze dan toch allemaal hetzelfde? Straks had ze nog dezelfde bevliegingen als Kristien en begon na verloop van tijd dat stiekeme gedoe met jonge knapen; adolescente zoontjes van goede vriendinnen, krantenjongens, pizzabezorgers en ga zo maar door. Het werd hem zwaar te moede, maar hij wist zijn kalmte te bewaren.

'Een zangeres met zoveel talent moet helemaal niet roken,' sprak Richter op een veel te vaderlijke en beterige toon.

'Ik weet het, ik weet het. Je hebt gelijk.'

'Weet je wat, als we straks op Gare du Nord aankomen, koop ik een pakje, we roken er samen één en dan stoppen we ermee,' stelde Richter voor.

'En dat pakje dan?'

'Daar maken we een clochard gelukkig mee.'

'Oké, misschien dan,' zei Nadine, 'we zien wel. Rook jij ook dan?'

'Zo af en toe,' antwoordde Richter aarzelend. Al acht jaar had hij geen sigaret meer aangeraakt. Maar het doel heiligde de middelen en als die ene sigaret hem nader tot haar kon brengen, dan was hij wel gek om het te laten.

Een plotselinge windvlaag deed hun stemmen verstommen en Nadine zette de kraag van haar winterjack op. Terwijl ze dat deed merkte Richter dat ze opnieuw een onderzoekende blik op zijn bagage wiep.

'Weet je wel zeker dat je zomaar je geluk in Parijs gaat beproeven?' vroeg ze.

Er zat iets onheilspellends in haar woorden. Ze was toch niet helderziend? 'Laat het niet waar zijn,' prevelde Richter. Een paranormaal begaafde vrouw kon nog zo onweerstaanbaar zijn, maar er viel volstrekt niet mee te leven. Ze dwongen een man tot volledige oprechtheid, wat een goede relatie compleet om zeep kon helpen.

Richter glimlachte en probeerde zijn onzekerheid te verbergen. 'Ik ben het al zo lang van plan,' verklaarde hij in strijd met de waarheid. 'Op een gegeven moment moet je het gewoon doen. Ik voel me als een... zeg maar als een renpaard dat elke dag voor een kar wordt gespannen, maar dat liever zware hindernissen neemt en wil zegevieren. In Parijs is elke dag voor mij een concours hippique, begrijp je?'

Nadine knikte, maar Richter kon niet bepalen of het uit belangstelling of uit verveling was.

Opnieuw joeg er een ijzige rukwind over het perron. Nadine drukte haar armen stijf tegen haar lichaam.

'Het wordt tijd dat die trein eindelijk eens een keer komt,' zei Richter met een door de kou aangetaste stem.

Zijn woorden waren nog niet uitgesproken of er klonk een zacht ritmisch gerommel in de verte.

'Hoor je dat?' riep Nadine uit, haar wijsvinger opstekend. Ze keek hem aan met een blik die hem herinnerde aan de eerste keer dat hij haar had gezien. Daar, voor de winkelruit van die bakkerij, was hij door haar schoonheid gegrepen. In die luttele seconden had zij een uitzinnige begeerte in hem losgemaakt. Het leek een eeuwigheid geleden, dat allereerste moment, terwijl er in werkelijkheid nog geen dertig uren waren verstreken. Maar het waren lange uren geweest, waarin zij onophoudelijk door zijn gedachten had gezweefd en uiteindelijk zijn lot had bezegeld.

Inmiddels was de trein traag komen binnenglijden en geruisloos tot stilstand gekomen. 'Het is een blauwe,' zei Nadine.

Richter wilde reageren, maar een plotselinge gedachte belette hem het spreken. Dat blauw van die trein... was dat niet dezelfde helderblauwe kleur als – ja, nu kon hij het zich weer herinneren – dat glimmende voorwerp uit die droom van twee dagen geleden? Was dat opnieuw een overeenkomst?

Hij kreeg het idee dat alle stukjes van die geheimzinnige puzzel zich nu definitief gingen samenvoegen: dat langwerpige blauwe voorwerp dat bij nader inzien heel goed voor een trein kon doorgaan, de zachte stem die zo sterk op die van Nadine leek en het vermoedelijk ook was, de drukke locatie met al dat geroezemoes die hij meteen al met een stationshal in verband had gebracht, de oude dame in de kapel die de oma van Nadine bleek te zijn en die opnieuw gewag had gemaakt van die plassen, het terloops ontdekte aanplakbiljet van het requiem... kon dat allemaal toeval zijn? Was het daadwerkelijk Maria Magdalena geweest die het hele gebeuren persoonlijk in scène had gezet? Of was het toch niets anders dan zijn voorbestemde lot dat hij onbewust over zichzelf had afgeroepen?

'Kom je nou?' riep Nadine, die zich inmiddels richting de trein had begeven. Inderdaad, hij moest opschieten. Ze had gelijk. Dat had ze altijd. Net als zij, de verzwegen bruid, die haar misschien wel gezonden had. Hij moest haar volgen, als een kleine jongen, in ademloze aanbidding. Eens zou het moment komen dat zij alleen nog maar voor hem zou zingen, mooier dan ooit, maar dan moest hij nu wel die trein in, anders kwam dat er nooit van.

Richter nam zijn bagage op en liep naar de wagon. Door de lekkende overspanning vielen er enkele regendruppels op zijn jas. Het herinnerde hem aan het gesprek met Nadine van enkele uren terug: 'Het lijkt net of de zon bij ons veel vaker schijnt dan op de rechteroever,' had ze gezegd. Dat nu ook voor hem de zon weer zou gaan schijnen, daar was Richter stellig van overtuigd.

Voor hij de trein instapte, keek hij nog eenmaal naar de contouren van een monumentale huizenrij die zich achter het station tegen de donkere avondhemel afstaken. Fijnzinnige bouwkunst was het. Gestolde muziek, volgens Goethe. Dat was fraai verwoord, vond Richter. 'Eens keer ik terug,' dacht hij, 'al weet ik niet wanneer. Ik zal een week, een maand of een paar maanden ouder en misschien wel wijzer zijn, wie weet...'

Nadine was inmiddels de coupé binnengegaan, maar Richter bleef nog even in een lichte roes in de treinportieropening staan. Ja, dat hij zou terugkomen stond vast. Deze stad zou hij trouw blijven, ook met al zijn nieuwe en afzichtelijke bouwwerken. Hij zuchtte, terwijl langzaam in hem het besef groeide dat die nieuwe gebouwen eigenlijk al weer oude gebouwen waren geworden en als onafscheidelijke elementen tot de stad waren gaan behoren. Waar maakte hij zich eigenlijk druk om? Alles was tijdelijk en vergankelijk. Hijzelf ook. Daarom moest het nu gebeuren, voor het te laat was. Hij moest zijn muze volgen, niets kon hem daar nu nog van weerhouden. Binnen wachtte Nadine Valadon, dat prachtkind, nog volstrekt onbewust van het werkelijke doel van haar reisgenoot. Maar dat was niet erg. Zijn bedoelingen waren goed, daar zou ze vanzelf wel achter komen.

In zijn hoofd speelde het begin van Faurés requiem. Was deze reis eveneens de ouverture van iets 'groots en meeslepends', of zou hij deze stad eerder terugzien dan hem lief was?

'Ja kijk, als we zo gaan beginnen, dan wordt het nooit wat,' dacht Richter. Hij sloot zijn gedachten af en stapte opgewekt de coupé binnen.

Nadine keek hem met grote ogen aan en glimlachte.

Nawoord van de auteur

Het verhaal van Richter gaat terug naar 2004. In dat jaar verscheen het ruwe manuscript van de roman in gedrukte vorm. Ik zeg met nadruk 'manuscript', want ondanks dat het officieel als boek werd uitgegeven, werd mij al snel duidelijk dat de tekst te overhaast was gepubliceerd.

Romanschrijvers die net de laatste hand aan hun debuut hebben gelegd, leven over het algemeen in een egocentrische roes. Het verhaal dat al zo lang in hun hoofd zat, staat eindelijk op papier en dat zal de wereld weten. Ik was daarop geen uitzondering. Toen ik het manuscript begin 2004 had voltooid, bood ik het aan bij een Amsterdamse uitgever die er wel wat in zag, maar mij het advies gaf: leg het voorlopig in een la en schrijf ondertussen een serie korte verhalen. Ik vroeg mij af of die man wel goed bij zijn verstand was; vijftien maanden aan een boek werken om het vervolgens op te bergen? Maar hij had gelijk. Stilistische onvolmaaktheden en zwakkere passages worden pas zichtbaar als je een tijdje afstand van een tekst hebt genomen.

Intussen had zich een andere uitgeverij gemeld die het boek in ongewijzigde vorm wilde publiceren. We waren het snel eens over het omslag, zij controleerden nog even wat punten en komma's en in oktober 2004 was mijn eerste boek een feit. Vanaf dat moment mocht ik mij officieel 'schrijver' noemen.

Nu zegt dat woord 'schrijver' natuurlijk niets. Iemand die met succes een gloeilamp weet te vervangen, is nog geen elektricien. Schrijver word je ook pas vanaf het moment dat je de kunst van het weglaten verstaat. Toen ik mij na de publicatie van het manuscript op magazine journalistiek en – ironisch genoeg – korte verhalen ging toeleggen, merkte ik dat mijn stijl een steeds bondiger karakter kreeg. De stilistische esthetiek die de eerste versie van *Richter* domineerde, ontwikkelde zich gaandeweg naar een compactere vorm zonder overbodige versieringen en niet ter zake doende zijsprongen.

Met dit nieuwe inzicht nam ik *Richter* nog wel eens uit de boekenkast en zag dan wat eraan verbeterd kon worden. Zo verraadde het taalgebruik de invloed van oude schrijvers als Louis Couperus en Oscar Wilde, met lange zinnen die, hoewel soms fraai verwoord, niet meer van deze tijd waren. Datzelfde gold voor het onthaaste tempo waarin het verhaal zich ontrolde. Kortom, het werd tijd dat het ontleedmes erin ging.

Afgelopen zomer, bijna negen jaar na de publicatie van het manuscript, heb ik de oorspronkelijke tekst opnieuw ter hand genomen en omgewerkt tot een moderne 'roman noir'. Er zijn passages geschrapt, nieuwe teksten toegevoegd en vrijwel elke zin is gewijzigd. Toch is het verhaal zelf niet veranderd. Het karakter van de hoofdpersoon is gelijk gebleven, evenals de leidmotieven en universele thema's als eenzaamheid, verlangen en de complexiteit van het vergankelijke leven.

Ondanks de ontwikkeling die Richter in drie dagen doormaakt, heeft de roman een open einde. Het laatste hoofdstuk heb ik daarom de titel 'Ouverture' gegeven, als metaforische verwijzing naar Richters nieuwe levensmissie. Hoe dat leven verder gaat weet ik niet. Als ik ooit de geest krijg, zal ik het opschrijven. En dan meteen goed, anders moet ik opnieuw afsluiten met een verklarende tekst en dat is nu juist waar de hoofdpersoon van dit verhaal zich tegen afzet.

Andy Arnts,
oktober 2013

www.ingramcontent.com/pod-product-compliance
Lightning Source LLC
Chambersburg PA
CBHW020233030726
47497CB00009B/3071